狼與辛香料 XVIII

Spring Log

支倉凍砂
Isuna Hasekura

Illustration
文倉 十
Jyuu Ayakura

旅途餘白
在據說會湧出幸福與笑聲的溫泉旅館
「狼與辛香料亭」中──
「汝的旅行還沒結束唄？」
「我會繼續旅行。再一陣子。」

溫泉旅館「狼與辛香料亭」老闆
羅倫斯
溫泉旅館「狼與辛香料亭」老闆娘
賢狼赫蘿

金黃色的記憶

「喂，多少留幾口給我嘛。」

赫蘿裝作沒聽見，炫耀似的喝得津津有味。

真是的……羅倫斯無奈一嘆，

並發現她鼻子下多了一大條滑稽白鬍子，樣子十分開心。

她在開心什麼呀？這麼想時，赫蘿頭倚上羅倫斯的肩說：

「咱啊，有必要好好記住這個味道呢。」

那是能使人憶起這片土地、這一刻的味道。

羊皮紙與塗鴉
賢狼之女——繆里。
一個不容輕忽的少女。

Contents

狼與辛香料 XVIII
Spring Log

WORLD MAP
多蘭平原
樂耶夫山
阿蒂夫
約伊茲
紐希拉
伊克
堂斯格
凱爾貝
樂耶夫河
斯威奈爾
雷斯可
托爾金
溫菲爾王國
雷諾斯
羅姆河
普羅亞尼國
特列歐
恩貝爾
N
W
E
S
卡梅爾森
拉姆特拉
崔尼國
波羅遜
留賓海根
帕茲歐
約連
斯拉烏德河
帕斯羅

地圖繪製／出光秀匡

旅途餘白

蓋滿白雪的針葉樹，猶如寡默兀立的衛兵。四下安靜無聲，唯有不知何來的鳥鳴格外清晰。

若天上能有一片雲，就會有無限的想像空間，但今天天空偏偏藍得像海底。

到頭來不知該做何表情，只能盯著自己的腳尖看。

「那麼，出發吧。」

隨聲抬頭時，一切已準備就緒。

領路的祭司表情肅穆地行禮，其身後有兩名男子各抱舉一個人高的長桿，桿子頂端各有一面看似相當笨重的鐵製徽記。他們後頭還有六名男子左右排成兩縱列，肩上扛著棺木。

「願真主與聖靈降福天下蒼生。」

祭司莊嚴地吟出禱詞，一行人靜靜起步。沿路的針葉樹底下，走出一張張困惑的臉孔。有人穿戴隆重，有人剛丟下手邊工作跑來。他們像鹿在林中撞見人類般不知所措，直到祭司促請才靠近棺木，接連向棺中人低聲告別。時間雖短，但看得出每句都是經過苦思的肺腑之言。

聽著聽著，彷彿那些話都是對自己說的一樣，令人下顎稍微一縮。

不，就當是那樣也無所謂。會改變念頭，是由於在街角拐彎時不經意瞥見來路的緣故。

彼端有一棟建築。興建當時還隱約有股自負，曾幾何時銳氣都已磨圓，穩重地座落在那裡。

儘管一路上受了不少人協助，真正守護那裡的人仍無非是這兩人自己，是值得驕傲的一件事。

棺木前高舉徽記的男子們宛若聽見了他的胸懷，將吊桿舉得更高了。受冬日陽光照耀而沉光閃閃的徽記，原來是一面招牌。

刻在上頭的是一頭狼，以及——

「在神的護佑下，我們平安抵達神的家園。我們親愛手足的靈魂，將在此獲得永遠的安寧。」

由於地處深山偏鄉，教堂是臨時用倉庫改裝而成的。眾人隨門前祭司的宣告恭敬低頭，祭司也跟著頷首，男子們將棺木送進教堂之中。稍候片刻進入教堂時，棺木已置於聖壇前方，抬棺人讓路似的左右分開魚貫而出。帶上門，是出於某種體恤吧。

緩緩走近棺木後，在邊緣坐下。

揭開面紗，彷彿能聽見躺在滿滿鮮花中的那張臉發出憨傻的鼻息。

「沒想到，會是由我來替妳送葬。」

羅倫斯這麼說，並以指尖輕撫棺中上了淡妝的臉龐。

「赫蘿……」

門後傳來悲涼的鐘聲。

事情，發生在一個萬里無雲的冬日。

在聽得見來自澡堂的輕柔路德小調，午飯殘香猶然飄盪的餐廳裡。

兩人從天還沒亮就開始忙，直到下午偏晚才能坐下來好好喘口氣。

「祕湯之地紐希拉宛如天堂？就只有客人會這樣想吧……呃。」

溫泉旅館「狼與辛香料亭」的老闆羅倫斯脖子扭得喀喀響。辛勞的來源，可說是到處都是。

譬如說，來這裡泡湯的不少是高階聖職人員，他們基本上都是些任性鬼，說什麼都要作晨課向神祈禱，且沒有回絕的份。為此，羅倫斯得替他們準備聖經、切齊燭台蠟燭並點好火、準備地毯以免祈禱時跪痛他們的玉膝等有的沒的。

在他們不知他人辛苦而自顧自地禱告時，羅倫斯需要打掃浴場——收拾昨晚泡到深夜的人所留下的餐具、清理垃圾、撈取池中落葉、灑熱水融化主屋與浴場間聯絡通道的路面結冰等，偶爾還得驅趕偷泡湯的野獸。

忙著忙著，廚房煙囪冒起炊煙，宣告另一場戰鬥的開始——準備早餐。別以為聖職人員早餐就會吃得樸素簡單，這些會一路吃到上床睡覺才肯罷休的客人，早餐的要求也多得可以。

在一人抵三人的料理高手漢娜身旁，羅倫斯一個勁地不停洗碗。現在沒有立場計較什麼老闆不該洗碗，原先幫他打這種雜的人手一次少了兩個，只好自己多擔待一點。

再來需要招呼吃早餐的零星散客、為泡湯客準備毛巾或衣物，若有樂師或舞者上門還非得替他們打點不可。由於各浴池大小不一，人潮自然有多有少，為了不讓樂師或舞者因爭地盤發生衝突，誰什麼時候在哪表演，羅倫斯都有必要代為安排。

而且要準備帶綠葉的樹枝、鮮花，甚至刺繡天棚等小道具，以提供更花俏的表演。若在這部分小氣，客人的賞錢就多不起來；賞錢少了樂師們就會跑去其他溫泉旅館，而這世上沒有哪裡比沒歌沒舞的溫泉旅館還要冷清。當然，不能讓舞者們在又濕又冷的石地上跳舞，必須記得鋪上前一天就用暖爐烘乾的毛織品。

然後，為最後一輪早餐客收拾碗盤的同時，又得服務提早上門吃午餐的客人。

好比拿鍋瓢接完整場滂沱大雨的工作量，經常讓羅倫斯感到自己不曉得在忙些什麼。然而只要咬牙撐下來，辛苦總會結束。

再說，這波大亂流應該不會持續太久。

「您辛苦了。」

羅倫斯在靜悄悄的餐廳角落坐下喘息時，漢娜走了進來。這名稱作少女稍嫌失禮的女子看起來不算身強力壯，但舉手投足仍十分有力，一點也沒有剛經歷一場大戰的疲態。若她說自己其實一手養了十個孩子，說不定羅倫斯真的會信。這位漢娜手裡的托盤上盛著一大碗燉豆、厚切燻肉和葡萄酒。油脂仍流個不停的燻肉上堆滿了大蒜和黃芥末醬，香得簡直瀆神。羅倫斯忽然想起自己起床到現在沒吃過半點東西，忍不住吞吞口水。

「漢娜小姐，今天也辛苦了。」

但他總歸是旅館主人，用餐前可不能忘了應有的禮節。漢娜不知懂不懂羅倫斯的用心，擺好餐具就替他斟了一杯葡萄酒。舀一匙豆子送進嘴裡後，嗆人的鹹味讓疲憊的身體又活了起來。

「臨時少了兩個人，我是還撐得住，但要是先生您累倒了，那可就沒戲唱嘍？」

為和著葡萄酒吞下重鹹食物的奢侈行為感到痛快之餘，羅倫斯切一塊燻肉嚼了起來。

對於「先生」這稱呼，他也相當習慣了。

「我當然會儘快僱用新員工，這種狀況應該不會持續太久。山下差不多也快入春了。」

「哎呀呀，都是這種時期啦？山上冬天太長，很容易忘記季節什麼時候會變呢。」

「漢娜小姐，妳不會期待春天到來之類的嗎？」

即使不在積雪深深的山林裡，冬季仍與忍耐同義。

無論是人還是動物、樹木，全都是蜷身蟄伏，盼望著春天的解放感。

「倒也不至於那樣，只是大家待春天一到就要下山，溫泉旅館就會一直閒到夏天吧？感覺會有點悶。」

漢娜抱著胸，一手托腮遙望遠方的樣子，惹來羅倫斯一陣苦笑。他也是個認為辛勤工作才不枉人生的人，但漢娜這想法更強。以雇主角度而言，這樣的員工當然比什麼都更可靠；只是羅倫斯和一般人一樣期盼在春天重獲自由，渴望讓不比從前那麼耐操的身體放個春假，對那種話實在有點不敢領教。

另一方面，對曾是旅行商人而討厭浪費的羅倫斯來說，過冬到避暑之間這段淡季簡直像鞋裡的小石子般令人不快。假如能在這期間多少招攬點生意，還能夠有得休息又有得賺，但客人就是不賞光。

「先別說這個了，太太還在休息嗎？」

太陽早就過了天頂，溫泉旅館的老闆娘仍不見人影。

羅倫斯舀了幾匙燉豆送入口中，喝著進口的昂貴葡萄酒當作給自己的犒賞，在燻肉沾上大把黃芥末醬咬下一口後說：

「那傢伙就是等不及春天的那種。」

「哎呀呀。」

漢娜輕笑一聲，留下「我去準備晚餐材料了」就返回廚房。

爾後羅倫斯繼續慢慢用餐，餐畢自個兒洗了碗盤，順手將葡萄酒倒進小酒桶，就前往旅館二樓他和赫蘿的臥室。

客人白天幾乎都在浴場，屋內靜悄悄的。開門進房後，敞開的木窗依稀傳來浴場的喧囂。

「喂，妳要睡到什麼時候？」

即使這麼說了，床上的隆起仍一聲不吭。縮成這麼小，是表示她連下床關個窗都嫌麻煩的意思吧。

羅倫斯頭疼地嘆息，然而將葡萄酒放在擺了羽毛筆和紙捲的桌上也沒反應，讓他有點擔心。

「赫蘿？」

她仍沒有動靜。於是羅倫斯走到床邊，輕輕掀起毛毯查看，底下出現一張年紀十來歲的少女睡臉。赫蘿平時都會對髮型和穿著稍微下點功夫，讓自己看起來不那麼年輕，然而窩在床上卻顯得更加稚嫩。貴族般的長髮與沒有一絲瑕斑的玉膚，似乎與只為飯錢的苦差事無緣。那閉著眼動也不動，靜靜躺在床上的模樣，彷彿已從一切苦痛及煩惱中解脫。或許「令人希望自己臨終時也能這麼安詳的臉」，最適合形容她現在的容顏。

羅倫斯以指腹輕輕滑過那張臉蛋，少女的耳朵隨之抽動幾下。那是對又大又尖的三角形耳朵，且蓋滿顏色比亞麻色頭髮更深的毛，一言以蔽之就是獸耳，工整地長在她頭頂上。不僅如此，她腰間還有條毛茸茸的大尾巴。赫蘿並不是她外貌那樣的青春少女，真面目是能輕易將人一口吞下的巨狼，寄宿於麥子中已有數百年之久的精靈一類。

對於自己不知哪來的福分有幸娶她為妻，羅倫斯知道怎麼謝也報答不了神明的眷顧。

只是，所謂的日常生活不會像童話故事那麼美滿。

羅倫斯看著她的耳朵不同於始終不變的睡臉，左抽右抖頗為忙碌的樣子，嘆口氣說：

「想吃飯就下床到餐廳來吃。」

這句話終於使那張臉起了變化。閉合的雙眼闔得更緊，側躺的身體蜷得更小，耳朵在頭頂上抖個不停。毛毯底下，那條獸尾多半也應著耳朵動作抖來抖去吧。

「呼啊……啊呼。」

最後赫蘿打了個傻呼呼的呵欠，微微睜開眼睛。

「咱不想下床……」

接著，以深宮公主般的口吻耍賴。

「最近每天晚上……汝都讓咱很晚才睡……」

瞥來的目光帶著些許責怪。

然而，赫蘿此話並不假。

「這個……嗯，我是很感謝妳啦。」

羅倫斯彎下腰，臉湊近赫蘿。

「可是，睡美人這樣也該醒了吧？」

赫蘿為頰上一吻閉上眼，覺得很癢似的抽了幾下耳朵。

原以為在同一個屋簷下住了十年也該膩了，但她完全沒有那種感覺。

實在太幸福了。羅倫斯感慨一笑，赫蘿也跟著笑了。

「真是的，汝這隻大笨驢。」

「我知道每晚都那樣搞讓妳很累，不過妳是真的該起來了。還有很多東西要縫呢。」

聽羅倫斯論起現實，赫蘿終於死了心，打個大呵欠作結尾就蠢動著爬出棉被。說也奇怪，工作起來總是滿嘴牢騷的她就只有針線活特別對味，針工也很細心。

「唔……好冷！」

「喏，穿起來。」

羅倫斯替冷得發抖的赫蘿披起毛線袍，送上裝了些許葡萄酒的杯子。

「好少喔。」

並輕鬆打發這孩子般的反應。

「要喝等吃完飯再喝。老闆娘白天就喝得醉醺醺地像話嗎。」

「汝還是一樣古板。」

赫蘿如此嘀咕後啜飲葡萄酒。

「那麼，昨晚怎麼樣？」

畢恭畢敬地扶著纖瘦的背，帶公主出寢室後，羅倫斯這麼問。

「汝最近都一下就睡著了。」

赫蘿輕輕用肩撞一下表示抗議。

羅倫斯稍微側身並乾咳一聲。

「我不是問那個。」

並補充道：

「說到那個嘛……就是……我也很想好好表現，只是……」

「呵呵，因為這陣子很忙唄？」

即使為滿滿的言下之意感到背脊發涼，羅倫斯仍承諾些什麼似的輕擁赫蘿。

「至於巡山那邊，昨晚看來應該也沒問題。比較危險的雪堆全都打散了。」

「這樣啊，辛苦了。」

近來連日風雪，日照又隨春天將近而增強，恐有雪崩之虞。

鑑於這幾天開始有人下山，山路交通量增加，赫蘿每晚都會變回巨狼巡視山中要地。

這完全不是羅倫斯做得來的事，只能交託赫蘿一個處理，讓他很過意不去。只有想到赫蘿以原形在山林中東奔西跑能幫她解悶，以及她有點喜歡在深夜與凌晨的夾縫間回家時，能在一個人也沒有的池裡暖和涼透了的身子，可以帶來一時的寬慰。

「在客人完全回去之前，晚上都得這麼忙，難為妳了。」

「哪裡。這座溫泉旅館的賣點就是讓客人笑著來笑著回去嘛。」

經營溫泉旅館與當個什麼都能自己打理的旅行商人不同，辛苦得多了；然而只要身邊有這樣的助手，再多的苦都會化為無窮的喜悅。羅倫斯笑著點頭，赫蘿也像個少女似的笑了。

下到一樓，赫蘿便將腦袋擠進薄毛線帽裡。儘管每個客人一天到晚都是醉醺醺的，好像無所謂，但還是不能讓他們看見赫蘿的耳朵。在紐希拉，知道赫蘿身分的只有自家旅館的人而已。

漢娜似乎是聽見了腳步聲，兩人一進餐廳就替赫蘿送飯過來。量不怎麼多，只是相較於羅倫斯，肉的比例大過豆子不少，令人不禁莞爾。雖仍有還算年輕的自覺，一早就吃這麼多肉還是令人吃不消。

羅倫斯心裡早已明白，自己與赫蘿這寄宿於麥子的狼之化身，壽命有極大差距，讓他深刻體會這點的機會也逐漸變多。

思想上的理解，與生活中的實際體驗完全是兩回事。

而每一次，羅倫斯都會告誡自己更用心地過每一天。

「話說汝啊。」

「嗯？」

注視赫蘿以調皮少女的模樣津津有味地啃肉時，這個赫蘿慢慢地開口了。

「真正忙的是汝唄？現在人手不足，汝都忙得團團轉唄？」

「啊，這個嘛，還挺得住。再忙也忙不了多久了，況且我們也真的太依賴寇爾了點。既然他想出去見見世面，我哪有臉留他。」

十幾年前，邂逅赫蘿而在旅途中到處受無妄之災牽連時，他們認識了一位名叫寇爾的少年。當時他是修習神學的流浪學生，年紀比判若荳蔻少女的赫蘿更小。

他如今也長成了與當時的自己相仿的青年啊。羅倫斯感到時間流逝的可怕。

同時，羅倫斯仍對於自己讓曾經有志投身聖職的寇爾長期待在溫泉旅館工作有著不小愧疚。即使那是經過一番輾轉曲折的結果。

而某天，這個寇爾聽了旅館客人說的傳聞後怎麼也按捺不住，終於下定決心請求羅倫斯讓他下山，羅倫斯當然是沒有祝福他以外的選項。

「不過老實說……我很希望他能待到春天再走。」

「嗯。唔咕、唔咕……嗯咕。這樣也好，反正寇爾小鬼這個人怪老實的，要是錯過那個機會，搞不好又會猶豫來猶豫去，踏不出那一步了。汝放手讓他走的這個決定，咱覺得是一點也沒錯喔。」

「聽妳這麼說，我就好過多了。我實在不想妨礙前途看好的年輕人啊。」

羅倫斯也為自己的錫杯注酒，語氣活像個龍鍾老人，聽得赫蘿咯咯笑。

「但是啊，咱還真的沒想到她會趁這個機會跟寇爾小鬼私奔呢。」

喀噠、喀鏘！錫杯和葡萄酒桶倒在長桌上，酒漫成一大片。

羅倫斯急忙伸手撿拾錫杯和酒桶，以掩飾心中如葡萄酒般漫流的驚愕，然而覆水難收。漢娜已聽見聲響，抓條抹布來擦，赫蘿則是一直笑個不停。

「咯、咯、咯，汝真是隻大笨驢。乾脆就准了他們唄？」

「什、什麼意思啊？」

幫漢娜收拾的羅倫斯聲音僵硬，就連往他瞥一眼的漢娜臉上，也浮現近似苦笑的表情。

一會兒擦完酒後，羅倫斯拉張椅子坐下，赫蘿跟著輕舞餐刀，指著羅倫斯說：

「寇爾小鬼這雄性還不錯唄？要是他願意繼承這裡，那可就謝天謝地嘍。」

「唔……」

羅倫斯十分明白赫蘿為何這麼說，也知道的確是這樣沒錯。可是道理懂歸懂，實際面對現實的感覺仍是完全不同。羅倫斯每一天都能深切體會到這之間的差異。

而且事情關係到女兒，他更是難以冷靜。

沒錯。這陣子羅倫斯為溫泉旅館的事忙到不可開交，不只是老天眷顧，深受客人喜愛的緣故。主要是因為負責打雜的年輕人一次少了兩個，他必須親自填補空缺。其中一人，就是他們口中的寇爾，而完全出乎意料的另一人，則是羅倫斯與赫蘿的獨生女繆里。

兩人怎麼也想不到，自己的寶貝獨生女居然會跟著踏上旅途的寇爾棄旅館而去。

若問理由，當然是好幾個大大小小不同的理由交纏而成，然而位居其核心的是什麼想法，兩人也沒有不曉得的道理。這是個小村莊，溫泉旅館更小，誰喜歡誰這種事簡直是攤在陽光底下。

「那孩子要結婚還太早。」

儘管如此，羅倫斯仍盡可能地理性反駁，結果不只是赫蘿，連漢娜都笑出來了。那是兩名女性互相確認「男人到幾歲都一樣蠢」的笑法。

「那麼到幾歲才不算早呀？」

「唔……呃……」

「先生，您就別逞強了。」

為漢娜不知是安慰還是調侃的話懊惱之餘，羅倫斯最後選擇的是捂住耳朵。這不是能靠理性解決的事，我都知道、我真的都知道！打從女兒出生那一刻，我就知道會有這天了啊！

「呵呵。私奔對象是寇爾小鬼已經算不錯了唄。」

「又不一定是私奔！」

可是，羅倫斯就是忍不住想反駁，逗得赫蘿和漢娜咯咯笑得更大聲，讓他好想找其他旅館老闆一起喝酒。

「再說啊，有心上人卻硬把話憋在心裡，又會有什麼好處呢？以咱的女兒來說，咱倒還覺得她動作太慢了點呢。」

看來赫蘿也替女兒著急過。

但說到有話想說卻憋在心裡這點，赫蘿應該也沒立場說別人才對。羅倫斯回想起十幾年前的旅程。當然，他很清楚挖苦赫蘿會有什麼後果，不會說出口。

「會不會這裡大多是教會的人，被他們影響啦？」

「教會？」

聽羅倫斯這麼問，赫蘿以餐刀尖畫著圓，捲來腦中思緒般解釋：

「汝想想，他們不是都有些怪習慣，真正重大的事要等到最後關頭才會說嗎？」

「啊，妳是指臨終的告解嗎？」

「嗯，就是那個。」

人臨死前會對祭司說出藏在心中的話，希望他轉達給神。而那大多是罪孽或遺言，或孤僻的頑固老人對家人說不出口的心底話、無法結果的情思等五花八門，所以赫蘿的想法也不算錯吧。

「重要的話不在需要的時候說出來就沒意義了。」

那倒是。羅倫斯也同意她的看法，尤其是自己年歲漸增，也常有驚覺時光流逝飛快的時候，自然會認為人就該趁年輕把握時間豐富人生。

只是話雖如此，他還是懷疑繆里現在談戀愛會不會太早。這時，赫蘿冷不防冒出一句：

「好想早點抱孫子啊。」

「什麼！妳……！」

羅倫斯啞口無言，一時上氣不接下氣。孫子固然可愛，可是繆里還是個孩子啊。以社會觀感來說，這年齡嫁人是沒什麼大不了，但無論如何就是太早。絕對是這樣沒錯。我家是我家，社會是社會。

羅倫斯抵死抗拒緊逼而來的現實，赫蘿卻悠哉地品嚐葡萄酒。能這麼氣定神閒，不知是源自於與羅倫斯的年齡差距，還是父母親想法本來就不同的緣故。

發現他們那個總是想到山村外開開眼界的女兒，在寇爾說要增廣見聞而準備下山之際躲進行李而成功蹺家時也是如此。

旅行可不是郊遊野餐，隨時可能遭遇危險。擔憂獨生女安危的羅倫斯就連寫信要她立刻回家都等不及，跳上雪橇就想追人，而那時拉住他的也是赫蘿。

船到橋頭自然直啦。她笑著說。

有句諺語是這麼說的——愛自己的孩子，就讓他去旅行。見到赫蘿那樣子，讓羅倫斯也不禁覺得自己或許真的該那麼做，就只是有些地方嚥不下去。

赫蘿將「唔唔唔」地咬牙切齒的羅倫斯擱在一邊，泡在浴池裡似的閉著眼感慨地說：

「不管怎樣，只要她能好好享受第一次的旅行就夠了唄。」

儘管她話說得事不關己，但絕不是完全不擔心。見到赫蘿簡直像獨占了為人父母的喜悅，羅倫斯對她投出哀怨的目光。

那模樣看得赫蘿一陣苦笑，無奈地湊上去說：

「萬物都會隨時間流轉改變的。不過啊，就只有咱會永遠陪著汝喔。」

比羅倫斯矮小的赫蘿，抬起她寶石般的星瞳注視而來。

「還有哪裡不滿意嗎？」

她都這麼說了，自然是無話可說。對於活了數百年的赫蘿而言，眼前這一切不過是旅途間的匆匆一景。她甚至曾不堪哀愁，打算和羅倫斯分手，認為既然遲早要天人永隔，不如在傷口加深前早點結束這段情。而有過這種想法的她，如今不再糾結於離別的酸楚，選擇了當下的喜樂。

最後羅倫斯雙肩一垂，投降了。

「豈敢豈敢。」

「呵呵。」

赫蘿輕笑一聲，頭倚上羅倫斯的肩。羅倫斯也將手撫上這賢狼小小的腦袋瓜，覺得好像能捧在手心裡一樣，圓滾滾的。

能留在自己手裡的幸福，恐怕就只能這麼多了吧。

而且已經是十分足夠了。

「再一杯？」

赫蘿回答羅倫斯道：

「汝也來一杯咱才喝。」

真有妳的。羅倫斯只能乾笑。

接著輕吻赫蘿的頭，將空酒桶交給傻眼的漢娜。

這天也是村裡每月一次夜間聚會的日子。羅倫斯帶上一壺酒一盤菜，發著抖走過月牙若隱若現的寒冷夜路。剛來到這村落時，山林深不見底的氣氛總是讓他覺得黑夜裡躲著些什麼，但現在已經完全習慣了。

而且，在過冬客眾多的這個季節，村裡到處都是會燒到深夜的溫暖火堆、歡笑和音樂。那情境夢幻得彷彿不在人間，羅倫斯和赫蘿時常特地出門欣賞這幅美景。

路上遇到幾個在溫泉旅館間趕場的熱門樂師，簡單寒暄兩句後又繼續走。在這土地定居了十年後，他才終於有融入當地的感覺。

只是，結果是好是壞還很難說。

「喔喔！我們親愛的羅倫斯老弟駕到嘍！」

一進入插滿火把的集會所，眾人的歡呼就湧了過來。

已經喝紅臉的溫泉旅館老闆們圍向錯愕的羅倫斯，拍拍他的肩說：

「哎呀，羅倫斯先生，我們今天就喝到天亮吧！」

「咦？啊，喔……」

這裡絕大多數的溫泉旅館不是和他同樣歲數就是更老，因此儘管已經在這村子住了十多年，羅倫斯在這些前輩面前仍是不得不放低姿態，但同時畢竟是商場對手，也不會太過親近，為爭搶資源而鬧得不愉快的時候還比較多。

不知所措時，一個手拿酒杯的大叔說：

「羅倫斯先生，我知道你心裡苦，可是那也只是暫時的啦！」

「啊……呃，您在說什麼？」

「少裝了少裝了！我們都很清楚放開女兒有多難過！」

「嗯？啊、啊啊……」

羅倫斯這才終於聽懂這些上前勸酒的老面孔怎麼突然這麼熱情。

他們大多都是養過女兒的過來人。

「呃，等等，我又還沒答應要把女兒嫁給他……」

「好了啦好了啦，我懂你不想點頭的心情，我們都懂！」

被另一人不由分說地安撫，羅倫斯只能曖昧陪笑，不過心裡仍不停念著「他們沒有私奔、他們沒有私奔」。

「啊～各位！抱歉潑一下冷水，能等到會開完之後再聊嗎？」

幾下響亮的拍掌聲後，眾人魔法解除了似的各自回座。

想不到有人坐下之後，似乎是想起女兒出嫁當時而嗚咽起來。羅倫斯除了訝異之外，心裡還有股暖意。平時互相為生意爭破頭的商場對手，總歸是同一個村的夥伴呢。

「那麼，今天應該是今年冬天最後一次開會了。也就是說，下個月雪就會開始融化，客人一個個下山，而我們需要修繕客人用了一個冬天的房屋設備和準備夏天所需，又要為了爭奪物資怎麼分配吵個沒完了。」

坐到長桌邊的溫泉旅館老闆們尷尬地笑起來。這紐希拉村的聯外道路不寬，而且物資輸入全賴斯威奈爾一個城鎮，無論如何都免不了一番爭搶。

「啊，關於這件事，最近有個不太好的傳聞。」

一人舉手插嘴道：

「聽說西方那座山的另一邊，可能要開發另一條溫泉街。」

「啊啊，我也有聽說。」

「什麼，真的嗎？」

「山的另一邊，那客人會怎麼走……？」

「肅靜！」

議長遏止眾人的喧嘩，場面暫時安靜下來。羅倫斯也從樂師們那聽過這件事，說明年沒準不能再來紐希拉了。

「我也聽過這件事，恐怕是真的。」

剎那間，一陣躁動爬過腳邊。商場對手增加一點好處也沒有，不過最讓人在意的是新溫泉街的物資會從哪裡來。

「而且，他們說不定也會跟斯威奈爾調物資。」

「神啊！」某人大喊。如同河川有一定的流量，能送往深山的貨物也有限量。再者，他們若能從斯威奈爾取得物資，即表示有路可供客人從斯威奈爾走到新溫泉街。換言之，不僅得跟他們搶物資，還得搶客人。

「假如是幾十年前，我們已經人手一棍翻過山去了。」

議長此言立刻讓躁動變成了碎浪般的笑聲。

「這裡可是歷史上赫赫有名的溫泉鄉紐希拉。無論大小爭執，只要泡了這裡的溫泉就會煙消雲散。我們只能靠這個地方的魅力，把人潮拉過來。」

「沒錯沒錯！」贊同聲此起彼落。

「可是，實際上該怎麼做呢？」

然而如此理所當然的問題卻使大家又閉上了嘴。

議長輕笑後乾咳兩聲，突然看著羅倫斯說：

「於是，我認為我們有必要認真考慮羅倫斯先生以前的提議。」

即使眾人視線全聚過來令人緊張，羅倫斯的腦筋仍很快就搭上了線。

「呃，您是指替村子想個新活動嗎？」

「正是。」

幾年前，羅倫斯曾經提議在春秋淡季辦點小活動，多少吸引點客人。無論在哪個地區，這兩個季節都有一連串的慶典、大市集開張或宗教活動，沒什麼人會特地跑去交通不便的偏遠泉療場所。

所以那陣子大家都閒得發慌，冬天僱用的員工等於是白吃白喝，解僱了又怕夏天請不回來。隨季節變化的極端人潮波動，就是會造成這麼多的浪費。

因此，若能想出其他地方沒有的有趣活動，或許就能招攬新的客群。

「話說，上次為什麼沒下文啊？」

一名與會者問道。

「好像是因為嫌麻煩吧。到了春秋季，總是想休息一下。」

羅倫斯當時還嫌這些個老闆太懶惰，但最近卻開始能體會他們的心情。不保持前進就賺不了錢的旅行商人，和必須在同一塊土地年復一年過同樣生活的旅館生意實在大不相同。

「我們腳下這塊地，搞不好會在我們瞎混的時候塌得一點也不剩啊。就像教會一樣。」

議長面色凝重地提出警告，老闆們也紛紛叉起手咿嗚發愁。

就在山腳下的教會正面臨一大難關。羅倫斯對內情不太清楚，只曉得他們與早在十年前就空殼化的異教徒的戰鬥終於結束，以為總算重獲和平時冒出了內敵。寇爾似乎就是從客人聽說這消息後再也待不下去，認為自己也該親身參與這時代的大事，不然會後悔終生。

「誠如各位所知，教會與異教徒的戰爭已暫告結束，紐希拉正逐漸失去所謂『位處敵境卻有迷人神祕感』的魅力，得儘快想好下一步該怎麼走才行。」

據說議長是在這村落土生土長，只是年輕時曾經在南方的大商行幹過幾年，偏南方人思想。再說這句話本來就是一點也沒錯，所以沒有引來任何異議，全場拍手認同。

只是，拍手聲顯得猶豫的原因也相當明顯。

「那麼，我們該做些什麼呢？」

議長大手一揮，按起長桌上的酒桶說道：

「這就得、靠大家、集思廣益了。」

知道危機當前，卻沒有應變措施。再加上這是全村總動員的大事，屆時實際麻煩一定不少，而提出好意見的人一定會被拱成總幹事。

所以羅倫斯無法責怪議長嘴上說要大家一起想辦法，一轉眼卻跟大家喝開了。畢竟這時節的集會，也有在一年中最忙碌的時候給大家喘個氣，好再加最後一把勁的意思在。

而且羅倫斯還要陪那些聽說了繆里和寇爾「離家出走」一事的其他有女兒的父親們喝酒，到最後這天幾乎什麼都沒做。

然而，赫蘿下午說的話仍在羅倫斯腦中一隅流連不去。

萬物都會隨時間流轉改變。

該做的時候不做，日後一定會後悔。

或許，繆里就是為此盡了自己最大的努力也不一定。

羅倫斯這麼想的同時，將感傷和著葡萄酒吞下了肚。

隔天的日常工作受集會豪飲與宿醉影響而岌岌可危，好不容易才撐過去。

客人一個接一個地下山，不知不覺就快走光了。

多虧了赫蘿的努力，紐希拉整個冬天沒有發生任何雪崩事故，應能平平安安地迎接春神。

「嗯……果然泡咱們的溫泉看日出特別過癮。」

在最後一位客人戀戀不捨地離開旅館，被前來迎接的人拖上車那天，赫蘿等不及了似的跳進浴池。樂師和舞者都下山到春季慶典賺錢去了，暫時可以不必顧忌外人好好放鬆。

「汝不來泡嗎？可以消除整個冬天的疲勞喔？」

「嗯？嗯……」

羅倫斯隨口應聲，將為了赫蘿準備的燻肉、冰得快結凍的蒸餾酒，以及她近來的最愛——旅客教的蜂蜜沾起司擺在浴池邊。

這當中，他的眼看都不看赫蘿美豔的裸體，而是盯著另一樣東西。

「大笨驢！」

「哇！」

溫泉水啪刷一聲潑過來，嚇得羅倫斯倉皇跳開，並立刻檢查手上的信是否弄濕，結果被不知何時跳出浴池的赫蘿一把搶去。

「汝要婆婆媽媽地看到什麼時候！都說沒事了，而且憑他們兩個，遇到一點風浪也不會怎麼樣唄！」

「唔、啊、唔……」

羅倫斯的表情活像隻點心被搶的牧羊犬，目光往赫蘿手上的信飛去。那是寇爾和繆里寄來的，上半由寇爾所寫，下半換繆里，第二張則是兩人交叉寫成。

第一張上半部提到他們在山下發現世界的變動比先前聽說的更巨大，學了很多；而下半部都在說南方人好多好熱鬧，食物和新奇的事也好多，錯字一大堆。

讀著繆里寫的部分，羅倫斯表情垮了好幾次，到了第二張也一樣地僵。

第二張寫的是牽連到他們的風波始末，且看得出寇爾有意冷靜客觀地記述，繆里卻會跑來搗蛋，想要寫得很好笑；寇爾顧慮到羅倫斯的感受而輕描淡寫的部分，有很多被繆里改得非常誇張。

大致上，能簡約成他們遇到了相當大的麻煩，所幸最後總算是圓滿落幕；寇爾擔心得胃都要痛了，繆里卻玩得大呼過癮吧。同情做事一板一眼的寇爾之餘，羅倫斯也為繆里玩得開心而高興，但心裡最後仍害怕他們有個萬一而七上八下。

那不僅是因為自己和赫蘿曾實際經歷攸關生死的大冒險，還有另一方面。

「話說他們倆感情還真好。」

赫蘿簡單重讀搶來的信，咯咯笑了笑。字裡行間，能輕易看出他們關係有多親密。

同居一宿的兩人在燭光下額碰額、肩並肩、手牽手……

「因為寇爾他，嗯，是個好哥哥嘛。」

羅倫斯清咳一聲，說出他最近發現能用來安慰自己的話。

「他們從以前就比真正的兄妹更像兄妹啦，嗯。」

「……」

即使赫蘿聽不下去而白了一眼，他仍舊一味自說自話。

「好唄，愛怎麼想都隨便汝。」

說完聽似「這傢伙則是從以前就很笨了」的話之後，赫蘿打了個噴嚏。

接著發著抖將信塞給羅倫斯，捏條燻肉叼進嘴裡跳回浴池。羅倫斯整平赫蘿捏皺的地方，看著繆里笨拙的筆跡而傻笑片刻後，又擔憂其內容般揪起了臉。

但那畢竟是寶貝女兒第一次寄來的信。在他小心翼翼地折起來準備收好時，赫蘿又說話了。

「話說汝想到春天能玩些什麼了嗎？」

「嗯？」

「汝等不是想辦些熱鬧的活動，以免客人被山另一邊那些新來的搶走嗎？」

說到集會上的議題，羅倫斯面色無光。

「這個嘛……我實在是想不到。」

「不是每年都有辦什麼聖人慶典嗎？」

任何城鎮村莊或職業，都有各自的守護聖人，一年四季都會有某個地方替他們辦慶典。在紐希拉是春季，而且主要是為了慰勞村人冬季的辛勞，性質對內。

「再說，那也沒什麼特別的。」

「那麼，辦個進奉山珍海味，請大狼飽嘗一頓的活動也可以喔？」

赫蘿將手和腦袋枕在池邊，腳啪刷啪刷拍著水說。

擄起濕髮的她做起那種不雅動作，和正值調皮年紀的繆里一個樣。

「真的每個人都來進奉，妳也吃不完吧。」

淋上蜂蜜的起司也可比山珍海味呀。見羅倫斯捏起一片，赫蘿刻意齜牙咧嘴地宣示主權。

「哼。汝以前不是往來各個城鎮作生意的旅行商人嗎，應該有見過一、兩個有意思的節慶吧？學人家辦辦看唄。」

「嗯……有個叫追牛節的是很熱鬧啦。」

「喔？」

「就是把城裡的小路封起來，在大路上追氣得發狂的牛。傳說摸到牛屁股的人會得到幸運之神的眷顧，追得可瘋了，而大家最後還會把那頭牛整頭烤來吃。可是……」

「不行嗎？」

「每年都有人受傷，更糟的是牛很容易撞壞房子，災情慘重。」

以旅客觀點而言，遇到這種刺激的大活動是很有娛樂效果。然而親手蓋房，深知維護不易的赫蘿似乎是想像了房子被牛撞破，搞得一塌糊塗的畫面，表情沉了下來。

「那實在……很傷腦筋。」

「是吧？」

「還有其他的嗎？」

「再來……就那個吧。每個城鎮的教區自己組隊，踢著皮球在街上遊行的慶典。」

「聽起來很好玩嘛。」

「只是爭球的時候很容易爭出火氣。就算那無所謂，這個村裡年輕人少，恐怕開始沒多久就受不了了。」

或許是想到一個個頂著啤酒肚的旅館老闆們吧，赫蘿尷尬地垂下耳朵，接受了現實。

「汝最近也有點肚子呢。」

「唔、呃……咳哼！從年紀來看，就只能辦點化裝舞會什麼的了，可是那種東西到處都有。」

「真難想。」

赫蘿又啪刷啪刷拍響池水，以狗爬式般的動作游離池邊。在水中飄散的頭髮和尾毛讓她看起來很無所謂，但若對這話題沒興趣，她根本就不會提。

其實赫蘿也很關心這旅館和這村子，否則不會夜夜跑上積滿了雪的山頭到處巡視，又默默縫補堆積如山的床被單。

「嗯……」

在羅倫斯苦惱時，赫蘿啪刷一聲坐上池中島，抓起頭髮擰水再使勁甩了甩尾巴。

「汝還不下來嗎！」

並以比繆里更純真的笑容這麼喊。

還有工作的羅倫斯搖了搖手，但隨即敗給赫蘿無趣的表情，把衣服給脫了。

「這種懶散的樂趣還真毒啊。在這時說什麼要在春天辦新活動，沒人感興趣也是當然的吧。」

羅倫斯一手拿著冰涼的酒，望著明媚的藍天喃喃自語。最後他還是請漢娜來送點酒食，泡在溫泉裡發呆。一想到每間溫泉旅館在這時期大抵如此，人就更懶了。

「旅行的時候啊，咱很喜歡在草原上打滾喔。」

「滾來滾去以後還會在馬車上大聲打呼呢，駕座上有人替我拉韁繩的話我也會啊。」

「咱才不會打呼！」

從不否認在馬車睡大頭覺這點來看，赫蘿也變得圓滑多了。

「呼……話說回來，這裡的溫泉是既清幽又舒坦，要是這都不算人間仙境，哪裡算得上呢？依我看，不管是誰都應該義無反顧地來這裡享受享受呢。」

「是啊，這裡以前真的很熱鬧。」

看來早在羅倫斯出生幾百年前，赫蘿就泡過紐希拉的溫泉了。

「對喔……也可以用人間仙境的招牌正式賣給教會。」

「啊？」

大笨驢又在莫名其妙瞎扯了。赫蘿投出懷疑的眼神，但羅倫斯卻一副覺得這說不定真的有商機的表情說：

「別驚訝，妳有聽過聖地巡禮吧？有的聖地是祭祀眾所皆知的聖人，有的是祭祀對某些身體病痛特別靈驗的聖人，例如眼疾。」

赫蘿興趣缺缺地倒酒，不理會滔滔不絕的羅倫斯。大概是因為十年前的經驗告訴她，這個人每次意氣風發地大談賺錢計畫之後，泰半會惹得一身腥。

只是，羅倫斯可無法將靈光憋在心裡。

「既然大家都知道泡溫泉對身體有益，不如直接請常來的聖職人員幫點忙，把這裡封為聖地就好啦。沒錯沒錯，教會的教示裡不也說過人間底下有個地獄，而中間有個叫煉獄的地方，只要在那裡贖清了罪，即使該下地獄的人也能上天堂嗎？相對地，天堂和人間之間也該有個不是天堂也不是人間的仙境，而那裡就是我們紐希拉——」

赫蘿拿肉乾塞住了羅倫斯的嘴。

「唔嘎？」

「如果在煉獄贖罪就能上天堂，那在汝的這個仙境喝酒作亂，不就要下地獄了嗎？」

赫蘿那張因溫泉和美酒而泛紅的臉搭上琥珀色的泛紅瞳仁，簡直像個惡魔。

「唔、嗯……」

「而且，現在就經常有人抱怨客人太多了，他們不會幫這種會讓客人更多的忙唄。」

「……嗯。」

的確是這樣沒錯。

「還有，汝等要想的是個能在閒暇時期招攬生意的活動喔？汝這傻瓜該不會已經忘了唄？」

「也、也對。嗯。」

泡湯喝酒，很快就有了醉意。

羅倫斯將手伸出池外，抓把雪按上額頭。

「嗯……我是覺得人間和天堂的夾縫這噱頭真的不錯耶……」

「因為有咱這樣的天使嗎？」

赫蘿咯咯笑著貼上羅倫斯。那一身冰清無瑕的肌膚與玲瓏有緻的線條的確很像天使。只是叼著肉乾的唇縫間露出的虎牙，透露出她不是可以隨便碰觸的人物。這是實際下過手的人給的忠告，絕不會錯。羅倫斯自嘲地想。

「天堂與人間的夾縫……慶典……嗯……」

赫蘿無視於羅倫斯嘴裡念念有詞，泡暈了似的啃起了他頭上的雪。啃著啃著忽然抬起頭，爬出池子。

「怎麼啦？」

迅速從頭蓋上袍子後，赫蘿下巴往主屋指了指。

「先生，有您的客人。」

原來是漢娜帶著人來向羅倫斯通報。羅倫斯當然沒對村裡的人透露赫蘿是半狼的祕密，而赫蘿自己也很小心。

「喔，馬上去。」

羅倫斯也跟著離開浴池，並為聯絡通道上主屋門邊的人影感到些許訝異。

總不能端出熱葡萄酒，羅倫斯便請漢娜煮壺羊奶，加點蜂蜜給客人倒一杯。而這位表情走投無路的客人一直盯著自己的手，坐在椅子上動也不動。

赫蘿也走過來，以暖爐烘得蓬鬆的尾巴在袍子底下搖擺。她以手指戳戳羅倫斯的腰，表情像在問：「有什麼事？」但羅倫斯也不清楚。沒有客人的主屋餐廳靜悄悄的，只有漢娜替羅倫斯他們準備晚餐的聲響。赫蘿好奇地對這位小兄弟瞧了幾眼，找個比較遠的位置坐下繼續縫她的東西。

這樣乾等也不是辦法，於是羅倫斯先開口了。

「是令尊請你來傳話的嗎？」

儘管外表還小，這年紀的人在這一帶已經是充分的勞力，羅倫斯話裡自然也帶有一定尊重。

只見對方肩膀愈垂愈低，重重搖頭。這位不速之客是附近溫泉旅館的次子，和繆里同樣歲數。這裡同年齡的孩子不多，他和繆里經常玩在一塊兒，所以羅倫斯也認識。他名叫卡姆，老愛和繆里一起惡作劇，羅倫斯不曉得罵過他多少次。

到了兩人得開始幫忙家務的年紀，一起玩的機會就漸漸少了，倒是最近一見面還會互丟雪球或青蛙。

「快趁熱喝了吧。」

再催促一次後，卡姆才捧起了杯。

接著將它當作施力點般，頭一抬就說：

「是、是我自己有事要求您的！」

聲音大倒還好，主要是態度嚇到了羅倫斯。

和繆里一起搗蛋而被訓話時，卡姆總是愛理不理地看著旁邊，而這樣的孩子如今卻真摯地直視他的雙眼，表情已與堂堂青年無異。

「只要我幫得上忙，你儘管說。」

羅倫斯沒有瞧不起對方年紀小，也挺直了背回話。

「那個！請您、請您……！」

然而卡姆鼓不起更多勇氣，嘴巴張是張得開，但就是說不出口。臉紅得彷彿隨時會窒息，樣子很難受。

最後見他閉上眼睛，甚至難熬地咬緊牙關，羅倫斯不禁向他的肩膀伸出手。但就在這時候，話衝出來了。

「請、請您答應我和繆里小姐的婚事！」

投注了全心全意的話，風一般地吹過整座餐廳。

錯愕的羅倫斯一時還聽不懂他在說些什麼。

和繆里？婚事？

「等、等等，你突然這麼說，呃……」

羅倫斯的腦筋接不上線，話都不曉得怎麼說了。

這段時間，卡姆的眼也持續注視著他。

帶著不成功便成仁的覺悟。

「……你要向繆里求婚嗎？」

羅倫斯終於整理好思緒，與少年的決心正面相對。

「沒、沒錯。」

接著理解到卡姆不是開玩笑，瞬時改以旅館主人的身分發想。

「令尊知道嗎？」

這問題使卡姆面露難色，搖了搖頭。

在這小村莊，各家親戚關係顯得特別重要。譬如兩間受歡迎的溫泉旅館結成了親家，就會形成強力派系。因此，雖然沒有明文規定不得與同村人結婚，大家還是很有默契地往村外發展婚姻關係，尤其是斯威奈爾一帶。

此外，也單純是由於家族少，必須避免血緣交混得太過相近。

「嗯……」

該怎麼回答呢。羅倫斯頭疼地嘆氣，卡姆往前傾地靠過來。

「抱、抱歉，有、有件事，我想請教一下。」

「嗯？」

「繆、繆里她……不、不對，繆里、小姐她，那個，私奔的傳聞是……」

「喔……」

羅倫斯唏噓一嘆時，似乎在眼角見到赫蘿偷笑。

不過，這也讓他終於明白卡姆為何沒跟家裡談過就抱著必死決心衝上門來。

「私奔啊……我也不知道……喔不，感覺上，有幾成是那樣吧……」

都到了這地步，羅倫斯依然含糊其詞，但這不是理性處理來的事。

「總之，還沒有確定就是那樣。」

他之所以明確地這麼說，不是因為一廂情願。

而是對絞盡勇氣上門提親的卡姆表示一點尊重。

「你也很清楚繆里的個性，她經常若無其事地作些荒唐的事，又總是三分鐘熱度。」

與繆里一塊兒長大的卡姆似乎頗有同感，聽得頻頻點頭。

「所以，也不是不可能和人家大吵一架就突然自己回來吧？」

而且寇爾立志成為聖職人員，曾立下禁慾之誓。來這村子的舞孃不管再美再會挑逗，他也不為所動。

「到時候，你自己去找繆里求婚就行了。我個人完全不會限制那種事。」

卡姆的臉撥雲見日似的亮了起來，但不一會兒又沒了力氣。

「可是……對方……是寇爾先生吧？」

村子就這一丁點大，大家彼此都認識。

羅倫斯點了頭，從前的調皮小鬼臉上跟著泛起失望之色。以羅倫斯自己而言，假如在卡姆這年紀有寇爾這樣的情敵，也只有絕望的份吧。寇爾從以前就長相俊美，長大以後更是加倍英挺。

「唉……」

憑著一股衝勁而來的少年，現在卻為現實的高牆意志消沉。羅倫斯想起自己還是個見習旅行商人時也有過類似經驗，不禁淡淡苦笑。

眼前這個人雖是打他愛女主意的不肖之徒，卻也是單槍匹馬直闖龍潭的勇士。

「話說，你怎麼突然有這種想法？」

「咦？」

卡姆反問後，羅倫斯刻意裝出顧忌赫蘿的樣子，說男人間的小祕密般湊上臉壓低聲音問：

「其實我以為你比較喜歡舞孃耶？」

卡姆頓時滿臉通紅。泉療場所是少不了歌舞的地方，打扮得花枝招展的女性到處都是；而且她們持有賣藝維生的特許執照，即使在宮廷也不會因言行失禮而問罪，擁有一身什麼也不怕，炫目的初夏盛綠之美。

「那個……我……」

卡姆一時語塞，但沒有就此沉默。

「後來，我發現繆里……和她們都不一樣。」

這讓羅倫斯回想起寶貝女兒的種種。繆里和赫蘿長相一個樣，個性卻完全不同。彷彿從赫蘿身上抽走沉著老成，再把略為厭世的部分全部換成了陽光，渾身上下都是無限的活力。

小時候，她曾經為了抓兔子而橫衝直撞，倒栽蔥掉進沼澤裡弄得滿頭是血，結果第二天還滿山頭地追著鹿跑。

的確，她與束髮焚香、關心腰部贅肉、帶著滿滿自信與從容微笑歌舞的舞孃們打從根本就不一樣。說起來，她們還比較接近赫蘿。

「是啦……大概是貴族家裡的貓……和山中野狼的差別吧……」

即使認為自己女兒是全世界最可愛的女孩，還是有些地方不能裝作沒看見。

羅倫斯無奈地這麼說，讓卡姆稍微失笑又急忙搖頭。

「那、那個，不是啦，不是那樣……」

「嗯……」

卡姆視線垂到手邊，說：

「那些舞孃，我的確是滿喜歡的，可是……即使她們在這時候下了山，再過一陣子就又見得到了。」

「這樣啊。」

「可是一聽說繆里離開村子，我就……我就……！」

說話的，是一張泫然欲泣，愁苦不堪的臉。

「你就做什麼都不對勁，好像快發瘋了？」

「……」

卡姆出不了聲，嘴唇顫抖地頷首。

他和繆里同年，過去常像家人一樣整天玩在一起，容易看不清離自己太近的人吧。羅倫斯很明白他的心情。為作生意而雲遊四海的他，很少在同一處待一個月以上，這反而使他容易看清各聚落居民的想法。

村莊或城鎮很少有整體性的大變化，昨天有的今天還會有，無論如何厭煩，明年、後年照樣會來。在這樣的環境下，到了戀愛年紀的冤家青梅竹馬，即使有點喜歡對方，多半也不敢說出口。要是失敗了，恐怕會被人一路記到老，甚至進棺材才解脫。

所以，這位少年獨自來到這裡，其實是值得尊敬的勇敢表現，更何況可能是情敵的人還是美男子寇爾。

在羅倫斯眼中，卡姆已是個不折不扣的堂堂男子漢。

「而且，我明明應該很清楚這種事……」

卡姆握起置於膝上的手，淚水撲簌簌地掉。

「哥哥病死那時候，我就應該學過教訓了啊……」

羅倫斯也認識卡姆那染上流行病，沒幾天就撒手人寰的哥哥。經過短暫猶豫，他將手慢慢按上卡姆的肩。

「我明明知道……嗚嗚、有話就要早點說出來……不然很可能就、沒有下一次了……」

羅倫斯拍拍卡姆的肩、摸摸背予以擁抱。與繆里不同的男性體格與汗臭，讓他略為陷入有兒子或許就是這種感覺的感慨之中。

接下赫蘿貼心送來的手帕後，羅倫斯又拍拍少年的背說：

「可是，繆里她還活著。」

「唔咕……嗚嗚。」

「雖然我很想把覬覦我女兒的人全部打跑就是了。」

即使話說得很做作，卡姆看羅倫斯的眼神還是有點膽怯。無論在赫蘿眼裡是多麼可愛的雄性，羅倫斯仍是堂堂的溫泉旅館老闆。

「你可以儘管去追她——但這樣講其實有點不負責任。」

羅倫斯按住正要起身的卡姆，將手帕遞給他。

「繆里那孩子的態度還不是很明確，所以我想她和寇爾到處遊覽之後，很可能突然就自個兒跑回來，好像什麼事都沒發生過一樣。」

一想像多半正在偷聽的赫蘿表情，羅倫斯就不禁苦笑，不過他真的是覺得可能不低。畢竟他怎麼也不認為寇爾會不知會他就與繆里進一步發展。

「你只要在那之前成為一個真正的男人就行了，到時候再正式……正式……」

來跟繆里求婚。在羅倫斯怎麼也說不出這幾個字時，卡姆抓緊手帕大聲說道：

「我會來正式對繆里求婚的！」

展現出被痛揍兩、三拳也不會輕易動搖的堅決。

羅倫斯雙肩一鬆，笑著點點頭說：

「我會等你的。在那之前，我就對空氣練練拳頭好了。」

見到那副賊笑，卡姆儘管表情繃了一下也沒有別開眼睛。

「好了，眼淚擦乾，把這杯喝了吧。」

「好、好的！」

羅倫斯一手拄桌托腮，看著卡姆聽話地喝起羊奶。

心想，有這樣的好孩子作兒子其實也不壞。

「如果想洗臉，直接去泡個澡也可以。你弟弟他們都不知道你來這吧？」

「啊、啊……那、那就不好意思了。」

要是讓平時總是大搖大擺使喚人的哥哥哭著回家，簡直是把受傷的鹿丟進狼群裡一樣。卡姆起身離席，鞠個躬後搖搖晃晃走向浴場。

羅倫斯微笑著目送他離開時，赫蘿和他交換似的什麼也沒問就一屁股坐到羅倫斯腿上。

「幹、幹什麼？」

「嗯～？呵呵呵。」

巧笑倩兮的赫蘿尾巴膨得袍子都蓋不住了。

「汝這頭雄大笨驢可真神氣呀？」

赫蘿先發制人地這麼說，抓起羅倫斯的手。

「就是因為汝偶爾威嚴得起來，咱才沒法小看汝。」

「我就當妳是誇獎了。」

「大笨驢。」

赫蘿隔著袍子蹭起耳朵撒嬌。看來剛那段對話勾動了她的心弦。

羅倫斯稍微用力地擁抱赫蘿，茫茫然地想：

「很可能沒有下一次啊……」

卡姆的哥哥急病而亡，彷彿只是這幾天的事。即使略過不談，對於曾四處旅行而反覆邂逅與別離的羅倫斯，這句話格外地沉重。

「這麼年輕就能明白這道理，將來一定是個好雄性。」

「我應該也很明白喔？」

由於一旦與赫蘿分開恐怕就再也見不到，羅倫斯的手才會不斷地伸向她。

可是赫蘿聽了稍微退開身，注視起羅倫斯。略帶非難的眼神，讓他有點掃興。

「是怎樣，難道不是嗎？」

「汝就是動不動就會把以前的自己想得很美好，才會是一隻大笨驢。」

「哪、哪有啊。」

「那汝是花了多少時間才敢說汝最最最愛咱呀？嗯嗯？」

「……」

赫蘿的輕咬較平時來得痛一些。要是痛得不小心說「妳還不是一樣」，搞不好會留下清楚的齒印。不過，赫蘿本來就是看他最仔細的人，尾巴現在又像想玩得不得了的狗一樣沙沙作響。都在一起這麼久了，好歹該在她耍任性，想聽自己面對面說些難為情的話時，大膽說幾句逗她開心吧。

被人愛得太深也很辛苦呢。羅倫斯暗自懷起如此詩人般的感慨，張口準備說出赫蘿期盼的那句話，但就在這一刻——

「說不出心裡的話？」

他不禁如此呢喃。

「嗯、啊？汝、汝說啥？」

赫蘿的表情像以為會吃到蜜釀葡萄乾，結果卻是整粒胡椒一樣。羅倫斯將這樣的赫蘿丟在一邊，拚命地拉扯就快連結的思緒。最近好像聊過很接近的事。

終於將難以啟齒的心底話說出了口的狀況。

不就是臨終之際的告解嗎！

也就是瀕死時再也沒有顧忌，乾脆一次全說個痛快，好能了無遺憾地上天堂。而人想說卻不敢說的話，正如自己準備對赫蘿說的話一樣，不全是壞事。

所以呢？

「所以……」

「大笨驢？大～笨～驢～？」

羅倫斯抓住拍得他臉頰啪啪響的手，將腿上的赫蘿如同公主似的抱著站起來。這下全串起來了。能在春季招攬生意的新活動，在腦中遍地開花。

「沒錯！在人間和天堂之間架個平台就行了嘛！」

赫蘿傻著眼，在羅倫斯懷中看他高聲大喊。

◇◇

葬禮，是告別的儀式。

一旦蓋棺祝禱、填土掩埋，就再也見不到對方了。

棺木抬出家門時，觀禮者一一前來作今生最後的告別。因為沒什麼好掩飾、隱瞞或羞赧的了。告別就是有如此巨大的力量，能引出平時難以表達的事。

「赫蘿。」

羅倫斯呼喚她的名字，但嘴角就是會不自禁地因苦笑而扭曲。

儘管儀式辦得這麼正式，大家還識趣地都離開倉庫了，話依然很難說出口。

「唔……天使都快等不及了啦。」

棺木中，傳來死者的呻吟。

羅倫斯清咳一聲，窺視裡頭嗤嗤竊笑的赫蘿說：

「認識妳到現在，我每天都很幸福。」

「……到現在？」

赫蘿微睜一隻眼質問道。

「這畢竟是葬禮嘛。」

「嗯。」

「在這場葬禮中，死者將因溫泉的奇蹟功效重返人間。」

羅倫斯從事先準備的銀杯中沾點溫泉水，抹在赫蘿額頭上。

「復活的感覺如何呀？」

赫蘿睜開雙眼，仰望著羅倫斯又嗤嗤一笑。

「還能繼續跟汝在一起，咱好高興。」

「！」

出乎意料的話使羅倫斯一時語塞，赫蘿則是得逞了似的笑咧了嘴。覺得自己拿她沒辦法之餘，也感到這樣才是赫蘿。

「我的榮幸。」

說完，羅倫斯伸出手扶赫蘿起身。

「那麼，妳覺得這個儀式怎麼樣？」

「嗯？」

「死了以後，別人說得再動聽也聽不見，自己有話想說也說不了。所以乾脆在活著的時候當對方死掉了，把想說的話說出來。這就是這麼一個在天堂門前走一遭的儀式。」

「嗯嗯、嗯嗯……咱跟汝說。」

赫蘿注視羅倫斯，表情認真地說：

「其實還不錯。」

「哈哈，這樣啊。這樣的儀式不需要大規模的籌備，也不會搞得一團亂，我真的覺得值得一試。」

當羅倫斯向其他溫泉旅館老闆說出這個主意時，大家還覺得他在開玩笑，但了解目的之後就開始熱烈討論起來了。看來大家也都知道自己心裡其實有幾句難為情的話不敢說出口，很希望能有個一吐為快的好機會。

而這個世界上拉不下臉的男人們，也應該都有相同想法。所以不如就在這個仙境，人間最接近天堂的地方為活人辦一場葬禮，製造那樣的機會。這就是羅倫斯的想法。

「蠟燭花費不小，需要特別注意……再來，送葬隊伍服裝統一會比較有氣氛，也要包進預算……嗯，有搞頭，真的有搞頭。」

左右尋思了一會兒，羅倫斯才發現赫蘿直勾勾地盯著他看。

糟糕，又太熱衷於生意而冷落她了。見到羅倫斯一副緊張樣，赫蘿輕輕一笑，像個剛睡醒的少女般扯了扯他的衣襬。

「咱呀，是真的……」

「咦？」

「很高興自己還活著喔。」

赫蘿笑著這麼說，淚水從眼角滑落。

嚇得羅倫斯急忙替她拭淚。

「汝的旅行還沒結束唄？」

萬物都會隨時間流轉改變。別說羅倫斯，就連赫蘿也只是被時間的長河沖著走的一片落葉。

兩人總有一天要分離，此刻將成為永遠的過去。

不過，那是很久很久以後的事。

羅倫斯雙手繞過赫蘿的腰，將她擁入懷中，彷彿要從時間之流多少留住一點彼此的「現在」。

「那當然。」

並說：

「我會繼續旅行。再一陣子。」

赫蘿抬起頭，笑了。爾後，兩人又拌嘴了幾句，但最後仍不約而同、自然而然地收口。

情況或許和他們決定開店那當時很類似吧。

在神所守望的聖壇前輕輕一吻。

女兒都那麼大了，四目相交起來依然有些靦腆。

看來這世上，還有很多很多美妙的事等著他們去體驗呢。

這是發生在春神逐步接近，融雪時節的事了。

金黃色的記憶

在這四面環山，廣闊天地的終點。

溫泉鄉紐希拉總算要告別漫漫長夜之際。

羅倫斯一身聚滿了好奇的目光。

「今天吹的是什麼風呀，這不是狼與辛香料亭的老闆嗎？」

山林裡，天亮距離太陽露臉還有好一段時間。村裡仍是一片昏暗，稍微有點距離就看不清別人的長相。在這種時候，聚集於村中一處竊竊私語的溫泉旅館女傭們突然聒噪起來，宛如發現烏鴉接近而大聲警告同伴的鴿子。

踏雪而來的羅倫斯呼著裊裊白煙，臉上掛著嘆息般的曖昧笑容，放下背上的柴薪。

每天值此熹微之時，旅館女傭總會三五成群地聚在村裡某處，譬如水車坊或井邊等，而羅倫斯則是出現在全村共用的麵包窯。

「漢娜小姐怎麼啦？生病了嗎？」

「你們家可愛的女兒爬不起來呀？」

「妳忘啦？他那勇敢的女兒跑去旅行了。我們以前也都好嚮往外面的世界喔。」

「哎呀，這樣啊。我除了自己出生的小鎮外，就只知道這裡而已呢。」

「話說老闆怎麼自己來烤麵包呀，連赫蘿小姐也病啦？」

「那真是不得了，要趕快去看看她才行。」

她們每週會聚來這一到兩次，烤自家或旅館所需份量。村裡生活很單調，聊村裡大小事是她們唯一的日常娛樂。

一般而言，當旅館女傭不克處理這種雜務時，由老闆娘或其女僮代勞是再正常不過的事，而老闆親自動手可就是話題一件了。羅倫斯也覺得自己背著柴薪，兩手抱著一袱巾麵團的樣子很滑稽。

簡直像老婆跑了一樣。

儘管如此，面對這群笑得毫不客氣、宛如鴿群的女性們時，羅倫斯仍不改笑容。

在她們的強力放送下，這件事一轉眼就會傳遍全村。即使在這村裡經營了十多年的溫泉旅館，相較於其他老闆也只是個新手，做什麼都大意不得。

相對地，想到還在旅館貪睡的愛妻赫蘿把這件事推給他，就令人忍不住暗自咒罵幾句。

「沒有啦，只是突然有客人入住，兩個人臨時忙不開，今天只好我自己來。」

一聽羅倫斯這麼說，女傭們的大剌剌的閒聊全停了。

「哎呀呀……難道那個人也上了你們狼與辛香料亭啦？」

「很辛苦吧。」

只有這一句感覺是發自內心，而不是隨話題瞎鬧。

「他第一個住的，好像是約瑟夫先生那吧？」

「對呀，那是這裡最老的旅館嘛。」

「再來是阿貝爾先生那？」

「然後是拉馬尼諾夫先生遭殃。」

她們一個個列出溫泉旅館老闆的名字。有些名字帶有異國風味，是由於在這村子經營溫泉旅館的人本來就是來自世界各地，或是他們的兒孫。

「這麼說來，他該不會是想這樣換到春天吧？」

「真不曉得是哪裡不滿意，表情一直都很難看。」

「對呀對呀，而且要求有夠多，說什麼要一大早出門就要我們弄午餐餐盒什麼的，搞死人了。」

不過他出手倒是挺闊氣……」

「拜託，妳可不要被錢沖昏頭嘍。我家老闆在懷疑他是不是來我們村裡刺探敵情的呢。」

「哎呀，難道是打算在山的另一邊蓋溫泉街的人派來的嗎？」

「是的話，他只住店不泡湯就說不過去了吧？」

「也對。如果想蓋新溫泉旅館，應該會盡可能在村裡多繞繞才對。」

她們事先排練過似的一句接一句行雲流水地聊，而且連語氣都很接近，昏暗之中分不出是誰在說話。多半是每週都聚在這裡烤麵包，久了就同化了吧。

羅倫斯望著她們談話的模樣，終於發現赫蘿耍孩子脾氣硬要賴床的可能原因。

她嫁作人婦不久，又是溫泉旅館的年輕老闆娘，和身為雇員的她們不同。她們多半會有所顧忌，自己聊自己的吧。儘管那是考慮到彼此身分不同的結果，對赫蘿而言還是很難受。

「不過啊，既然他住進了羅倫斯先生那裡去，就表示他的旅館行腳終於結束了吧。」

聽到自己的名字，羅倫斯從思考中回神，同時在追溯話題脈絡前加深臉上笑容。經驗告訴他只要面帶微笑，不管遇到什麼問題都有得解。

「就算到了羅倫斯先生那，我看他還是會繃著一張鐵面皮。別放在心上啊，他到哪間旅館都一樣。只是你作旅館生意還沒多久，遇到這種客人會很頭疼吧……」

「以前好像也有過這麼偏執的怪客人耶。」

「那時候妳還很年輕……所以有二十年了吧。」

「沒禮貌！我還是很年輕呀！」

為她們好姊妹般鬥嘴的模樣不禁莞爾之餘，羅倫斯也從字句之間感受到她們真正的想法。十年出頭的溫泉旅館，只算「沒多久」。

那個人先住約瑟夫的旅館，是因為在村裡字號最老。而離開前選擇狼與辛香料亭，則因為是新人的店。

要完全融入這座村子，看來還得花上一點時間。

「話說回來，人應該到齊了吧。」

如同女孩般吱吱喳喳的女傭們忽然回魂似的這麼說。這裡不是每天有教堂準時打鐘的城鎮，對時間的感覺總是粗略，且麵包用量家家戶戶各自不同，不會沒事就全聚在這裡烤麵包。

「那我們開始抽籤吧。」

一名女性拿來擺在麵包窯旁的整捆細樹枝，以垂在腰間的布包起。

但留了一端稍微外露，全都一樣長。

「這是新樹枝吧，不准作弊喔？」

「最近我老眼昏花，現在又這麼暗，想作弊也看不見自己哪枝好啦。」

「哈哈哈。」掀起一陣同意的笑聲後，她們依序抽籤。樹枝長度各自不同，抽到長樹枝的人額手稱慶。羅倫斯最後一個抽，結果像被整了似的抽中最短的。

「啊，哎呀呀呀……」

「喂，妳真的沒有作弊嗎？」

女性們一陣尷尬。這場抽籤，為的是決定誰第一個用窯。

使用公共麵包窯時，誰也不想搶第一。這是因為每個人都得準備自己的燃料，而暖窯需要很長一段時間。第一名使用者需要加熱吸了一整晚寒氣而冷得像冰塊的窯，會耗費額外燃料。

「不會不會，這樣反而好。」

羅倫斯連忙打圓場。

「既然我們旅館來了個難搞的客人，要是怠慢了還不曉得他會抱怨得多兇。要是我抽到最後一個，還想跟第一個換呢。」

戰戰兢兢，害怕遭懷疑要詐而名譽受損的女性們全都鬆了口氣。

「既然羅倫斯先生都這麼說了……」

「真的。考慮到時間問題，這樣說不定比較好。有的人還因為怕浪費木柴，把麵包燒成了木炭呢。」

「喂！我只是聊天聊過頭了好不好！都幾年前的事啦！」

她們又找回了原有的開朗。

羅倫斯莞爾一笑，打開窯蓋堆柴點火。

距離太陽從山邊探頭出來，似乎還需要一點時間。

剛出爐的麵包，即使裹上袱巾也依然冒著溫暖的蒸氣。羅倫斯一面嚼著軟嫩的麵包一面走，返抵溫泉旅館時太陽已經當空照了。

在一群手和嘴都很忙碌的女性之間烤麵包，實在不是一件輕鬆的事；但在晴朗天空與新鮮麵包的香氣媒介下，羅倫斯也從她們身上獲得了一些活力。

多虧於此，見到那位客人默不吭聲地繃著臉，佇在村外圍的狼與辛香料亭門前時，他也備妥了不輸給她們的笑容。

「抱歉讓您久等了。」

「哼。」

那是個矮小的老人，態度顯得不太高興。手裡提著漢娜為他準備的餐盒，一副只等麵包的樣子站在屋簷下。溫泉旅館不只會有來作泉療的客人，也會有準備上山的獵人或樵夫，所以一早就出門並不稀奇。

然而，老人的裝扮與羅倫斯見過的任何職業都不同。

鍋形毛皮斗笠、熊毛靴、狐毛披肩、鹿皮手套，後腰掛著柴刀般的粗獷武器。背包看似裝得很滿，不曉得裡頭有些什麼，也看不懂他究竟來幹什麼，幾乎不泡溫泉。

當羅倫斯接近，老人便伸手準備接下整袋麵包。

整袋麵包也太誇張了吧？羅倫斯嚇了一跳，而老人見狀也察覺了什麼般讓步收手。為其反應訝異之餘，羅倫斯用另一條袱巾包起三條剛出爐的小麥麵包，觀察著反應交給老人。老人依然不說話，稍微低頭行禮就默默走人了。

雖然表情兇巴巴的，但不是無禮之人。

羅倫斯望著他的背影歪頭尋思。他看來不像壞人，卻散發著心事重重的壓迫感。直到老人走下屋前斜坡而消失在林子後頭，羅倫斯回到旅館裡，聞到餐廳傳來的濃濃香氣。

長桌上，擺著似乎已上桌一小段時間的早餐。有一大碗燉豆、炒厚培根片、幾片起司，以及去年秋天進貨到現在也沒吃完的醃蘿蔔。從份量來看，漢娜替那位神祕客準備的餐盒應也是這陣容吧。肯定是嫌麻煩而連羅倫斯和赫蘿的份一起做了。

而擺了早餐的長桌邊、有香味的地方，就一定有赫蘿的身影。

「太慢了唄，香噴噴的早餐都涼掉了。」

她還對剛在冰天雪地裡烤麵包回來的丈夫投射責備的眼神。

「我不是說過烤麵包要抽籤嗎，我這還是第一個耶。」

而且，烤麵包原本還是赫蘿這旅館老闆娘該做的事。羅倫斯反駁赫蘿的無理怨言，並將剩餘麵包交給走出廚房的漢娜，而漢娜從袱巾包中抽出了三條麵包還給羅倫斯配早餐。

不是兩條或四條，而是奇數三條。以眼神詢問後，漢娜卻只是要他自己猜似的笑而不答。羅倫斯不解地拿著麵包，打算先姑且坐下時，他終於明白了。

早餐不是坐在長桌兩端，而是在寬邊並排而席。擺在兩個座位之間的陶甕，裝的多半是葡萄酒吧。

抱怨一早就這麼奢侈前，他發現座位上的赫蘿杯裡空空如也，而那也告訴他漢娜為何拿三條麵包，以及赫蘿為何反常。

「既然把麻煩事推給我會覺得過意不去……」

羅倫斯也拉開椅子，在赫蘿身邊坐下。

「自己去不就得了。」

羅倫斯在自己盤裡放兩個麵包，赫蘿一個。

「不過她們大概會半嫉妒地誇妳一直都這麼年輕。」

在羅倫斯身旁嘟嘴低頭的赫蘿，有著十來歲少女的長相。但她不是少女，甚至不是人類。現在溫泉旅館裡沒有外人，她對頭上的獸耳、腰臀間的尾巴藏也不藏。如這兩者所示，赫蘿的真面目是能將人一口吞噬的巨狼，也是寄宿於麥子的精靈一類。

「然後就是沒有惡意，但會跟新來的人保持距離吧。」

當羅倫斯說到這裡，赫蘿對陶甕伸手了。那雙小手重重提起相形之下太過巨大的陶甕手把，粗魯地往羅倫斯杯中倒酒。平常只為自己倒酒的人這麼做，意圖明顯得讓羅倫斯忍不住偷笑。

「假如烤麵包的是妳，心裡一定很不好受。」

赫蘿原本住在一個叫做約伊茲的地方，有天心血來潮到南方去，在某個村莊落腳後就此守望他們的麥苗成長茁壯數百年之久。當初離家的理由早已在時間的長河中磨滅，就連返鄉的路都記不得了；她也在孤獨之中，如滾石般愈磨愈圓。

羅倫斯就是與這樣的赫蘿邂逅，來到了這裡。

赫蘿自稱賢狼，做事狡猾謹慎，但也有好強怕孤單的一面。

要是丟她到那口麵包窯前，不難想見她不斷對粗線條的女傭們陪笑，笑到身心俱疲的模樣。

「不過我原本就是個旅行商人，當然能和她們聊得融融洽洽，順便推銷自己的優點。」

即使羅倫斯刻意自誇，赫蘿也仍一語不發地切割培根，送到他面前。

平時她切給自己的肉無論怎麼看都明顯大塊，今天卻是相同份量。

「所以嘍，我沒有生氣，我們只是分工合作而已。」

羅倫斯拿起自己盤內其中一條麵包掰成兩半，將比較大的擺在赫蘿盤上。

「既然妳沒出門，應該有仔細監視那個奇怪的客人吧？」

赫蘿這才抬頭看向羅倫斯，咬碎了什麼似的嘛起嘴。

羅倫斯吻一下她的臉頰，轉向早餐。

「總之，先吃飯吧。」

赫蘿持續注視羅倫斯，好一會兒後才開動。

大大的三角形獸耳和尾巴，似乎很開心地又拍又晃。

「咱看他不像個壞人，而且是個硬骨子。」

以評起人來總是辛辣的赫蘿而言，說這樣的話實在難得。

那位客人是在昨天午後突然上門，以含糊難辨的嗓音小聲問有沒有空房間。這樣一名整個冬天到處換旅館的客人，羅倫斯當然早已有所耳聞。

想不到的是，當羅倫斯被他不容拒絕的壓迫感震懾而點了頭後，他二話不說就直接在櫃台上拍了一枚金幣。在這裡，一枚金幣有可供一家四口省吃儉用過上一個月的價值。以他短短地說「兩週」的住宿費而言，出手實在闊綽。

但只住兩週卻支付一枚盧米歐尼金幣，當然需要提供額外的服務。羅倫斯曾問他是否需要安排樂師或舞者，卻被他立刻搖頭回絕，只求一件事──「在早上準備午餐餐盒」而已。

他的確是個怪異的客人，但態度從容得不像是在哪裡犯了重案逃來這裡避風頭的罪犯，也沒有因為太神經質才對每間旅館都不滿意的感覺。說起來，他似乎對溫泉或房間優劣壓根兒沒興趣。

而這位神祕客前一間住的，是村中服務最細心的旅館。

老闆有個和繆里同年的兒子，兩個人從小玩到大。那個名叫卡姆的少年，甚至在前幾天向羅倫斯表明他想對繆里求婚。他是個正直的孩子，讓人也想要一個這樣的兒子。他的父親賽勒斯雖然長相不太平易近人，不過實際交談後發現不是個壞人。神祕客入住後，他也來到羅倫斯的旅館分享對這神祕客的所知與心得。

因此，每當神祕客換旅館就會隨之傳給下一間旅館老闆的資訊，最後也平安抵達了羅倫斯那。別說羅倫斯，賢狼赫蘿也全知道了。

「他說不定是採藥師。」

「採藥師？」

赫蘿對反問的羅倫斯點點頭，視線落在現烤的麵包上。

為了給支付盧米歐尼金幣的客人應有的款待，今天特地烤了白嫩嫩的小麥麵包。又軟又甜，再多都吃得下。

而赫蘿居然掰開小麥麵包，將燉豆和培根塞了進去。「好吃的東西加上好吃的東西就會更好吃」這般發自貪慾的想法，讓羅倫斯聯想到貓那類少根筋的動物。赫蘿滿面喜色地張開嘴，往塞得圓鼓鼓的小麥麵包咬下去。

「啊咕、唔咕……嗯咕。沒錯，因為——」

羅倫斯捻下沾在赫蘿臉上的豆皮後催她繼續說。

「因為啊，他全身滿滿都是類似香草的味道，而且穿在身上的東西還有金屬味，也許是鐮刀之類的唄。」

「出門在外，總會隨身攜帶藥草和短劍。不是那樣嗎？」

「那是咱聞習慣的草藥，所以認得出。哎呀，說到這聞習慣嘛，是在哪裡聞習慣的呢……」

赫蘿追尋記憶般閉上眼，嘴仍準確地啃著麵包。櫻桃小嘴大口大口咬下的模樣，在某些人眼裡或許很粗俗，但羅倫斯卻覺得那隱約有種賣力生活的感覺，非常喜歡。

「再來嘛，嗯。不知道為什麼，他身上帶著麥穀。」

赫蘿是寄宿於麥子中的精靈，從前能潛入羅倫斯的馬車貨台，也是因為車上有麥子的緣故。

「緊急糧食吧。在雪地裡旅行，那種東西是從不嫌少。就算找得到山屋避風雪，屋裡也不會擺飯給人吃。只要不磨成粉，麥穀可以存放好幾年呢。」

「嗯？好吧，咱對人世本來就沒汝懂。至於其他值得注意的嘛，就屬裝扮了唄。在人世間，不是做什麼工作就會有什麼裝扮嗎？」

無論旅館老闆、兌換商還是旅行商人，各都有各的裝扮。鐵匠會自豪地穿上防火皮圍裙，麵包師父會戴造型特殊的帽子。

如赫蘿所言，一般人都會穿著其職業特有的裝扮，這樣就不必多費唇舌自我介紹了。

「那個大得像斗笠的帽子，我真的沒見過耶。」

帽簷像鍋子那麼深，老人戴起來幾乎能遮住整張臉。由於形狀極具特色，若說是某個職業都會戴的帽子，倒是說得通。

「帽子毛皮底下有一層鐵。會特地戴那種東西上山到處走的人，咱怎麼看都是因為臉經常需要貼上山坡，要防止落石砸中腦袋。」

「……鐵？記得其他旅館有人在猜他是來找礦脈的探礦師呢。」

不過採礦會破壞山林，必定需要該土地的開採許可證。而紐希拉的客人中有許多高官權貴，能保護這片土地的門路多得是。除非這裡的黃金能像溫泉一樣湧個不停，恐怕別想弄到開採許可證。假如他是探礦師，年紀這麼大了應該沒有不懂這回事的道理。

「山上動物也說有人類上山搶地盤，不曉得怎麼辦呢。是獵人就能光明正大開打了，可是他沒帶稱得上武器的武器，也不會追趕獵物。」

赫蘿的真實身分是頭巨狼，能和一般動物對話。

這座溫泉旅館位處深山村落，而且是最外圍的位置。要是一般的溫泉旅館，一天到晚都會受到野獸破壞而無法營業，這裡多虧有赫蘿嚴命交代過野獸們不准胡來才能倖免。

相對地，他們偶爾會讓熊進來泡溫泉，或是提供遭獵人射傷的動物避難，互利共存。

「既然這樣，的確最可能是來山上找東西的。」

「嗯。」

吃完麵包，赫蘿舔了舔她的纖纖玉指。獨生女出世後，她似乎是為了教養而盡量克制那種行為，很久沒見過了，給人回到從前的錯覺。

而且，女兒繆里的動作真的和她一模一樣。

「可是，他要找的好像不只是藥草，搞不懂啊。」

「從哪裡看出來的？」

羅倫斯的疑問惹來赫蘿不敢置信的白眼。

接著她輕嘆一聲伸手提甕，只往自己杯裡倒酒。

「他不是一直換旅館住嗎？而且對溫泉、房間、歌舞那些都沒興趣，所以汝猜呢？」

「……啊啊，對了！」

此外，在麵包窯前女傭們也說過他是從最舊的旅館往新的住，的確很像在旅館裡找些什麼。

「我曾經聽過一個故事……有個富商在旅途中住進某個小鎮後病倒了，結果就把自己藏財產的地方偷偷寫在旅館的某個角落。」

羅倫斯說笑似的說到這裡，表情忽然正經起來。

「該不會……真的有那種事？」

「嗯？」

「妳看他慷慨得嚇死人，我已經好幾年沒見過盧米歐尼金幣了耶。假如他真的在尋寶，付那樣的錢很可能代表目標有那樣的價值。而且紐希拉的住客大多是有頭有臉，或是有點家產的人。」

「嗯。所以汝認為他是為了尋找隱藏的留言而到處換旅館，還帶著餐盒去搜索埋在山裡的寶藏嗎？」

「寶藏也有可能是遺言或權狀之類輕便的東西嘛。」

羅倫斯開始認真往這裡想，赫蘿卻忽然嘆息，往羅倫斯的培根伸手。

「啊、喂，那是我的份耶！」

「給大笨驢吃太浪費了。」

赫蘿話一停就把培根扔進嘴裡。

舔去沾在指頭上的油脂後，帶著滿臉唏噓看向羅倫斯。

「汝忘了咱說他對溫泉和房間都沒興趣嗎？」

「……啊！」

「要是線索刻在牆上或閣樓裡，他應該已經找到滿眼血絲了唄，而且刻在浴池石頭底下也很有可能。再說，如果他是找那樣的東西，別人早就看出來了唄？他不是整個冬天都在這村子裡跑來跑去的嗎？」

「妳說得沒錯……嗯……可是，他不斷換旅館的原因也明顯是找東西沒錯。」

「說不定找的是看不見的東西。」

「咦？」

羅倫斯反問後嚇了一跳。

因為看著他的赫蘿笑得很寂寥。

「像回憶之類的。」

「……」

赫蘿靦腆地這麼說就迅速起身。

接著從愣住了的羅倫斯腦後緊緊擁抱他。隨即放手，也許是因為好強的緣故吧。

「好啦，咱也該去把女紅做一做了。」

她格外明亮地這麼說就噠噠噠地上樓。羅倫斯的眼往背影追去，一直注視到毛髮茂密的尾巴完全消失在樓梯彼端。

赫蘿曾受回憶束縛，在同一座村子的麥田守了數百年。甚至忘了歸鄉的路，在時間的長河裡遺失了許多東西。離開麥田後，她也曾因為旅途中歇腳的城鎮與記憶相差太大而哀痛。到最後，是傳統料理的滋味讓她確定那裡是自己走訪過的城鎮。

那個戴奇特毛皮斗笠的老人，年紀看來是羅倫斯的兩倍有餘。或許已無法清晰憶起當年，為了追尋過往的美好才會不惜砸下多年積蓄。

回到紐希拉，在甚至能令人遺忘名字的那麼多年前住過的旅館再住上幾晚，或許就能想起自己在山上留了什麼。

倘若他凝重的表情是這個原因——

羅倫斯舀一匙涼透了的燉豆送進嘴裡，一口一口地嚼。豆子燉得很入味，涼了也非常好吃。溫泉旅館開久了，也會如此沾染一、兩段鄉野傳聞的氣息。

迅速用完餐後，羅倫斯馬上就離座了。

在街邊旅社客死他鄉的旅人是屢見不鮮。巡禮路線上，有的以修道院為主體設立的醫院也可能會因為死者的遺言而獲得一筆意外之財。甚至有傳聞說，只要在著名巡禮路線找個好位置開旅社就能賺大錢。

只是，儘管紐希拉也會有旅客在住宿時過世，但他們基本上都會在來到這裡前就立好遺囑，從沒聽說誰繼承過龐大財產。由於住客大多年事已高，這裡又地處北方邊境，大家出發前就早有準備了吧。

再者，在供人享樂的溫泉鄉留下財產，傳出去可能也不怎麼好聽。

不過這件事也不是完全不可能，線索自當先往這方面找起。

「他換到拉馬尼諾夫先生那住的時候，其他老闆也大都這麼懷疑。」

神祕客前一間溫泉旅館的老闆賽勒斯沉著臉說。

那不是因為厭惡羅倫斯，也不是瞧不起他膚淺，純粹是捲捲的鬍鬚蓋住了他那張四方臉大半，眉毛又有兩根手指粗，看不清表情的緣故。他本來就是個性穩重，缺乏表情變化的人，因而經常受人誤解。

但羅倫斯很快就發現，只要和他說過話就會知道他是個大好人。

「話說羅倫斯先生，這裡每間旅館都是競爭激烈，客人退房後，你房間是怎麼處理？」

「每個角落都掃得乾乾淨淨呀。他們都會留下一大堆垃圾。」

「沒錯。甚至閣樓、地下室之類也該這麼掃。只要稍有怠慢，老鼠或貓頭鷹馬上就會跑來築巢。要是誰刻下遺言，肯定早就被發現了。」

「也是有可能寫成一眼看不出來的暗號啦。」

聽羅倫斯這麼說，賽勒斯突然猛咳起來，往櫃台上的杯裡倒酒。那是用夏季收成的越橘所釀，滋味酸甜。

仔細一看，將酒遞到羅倫斯面前的他臉上掛著笑容。

「你這想法其實挺有趣，這裡是偶爾需要一點刺激和冒險的感覺。」

不知那究竟算不算稱讚，總之先乾為敬。賽勒斯釀的酒很好喝。溫泉旅館老闆大多會因為興趣或利益而釀酒，其中賽勒斯特別投入。一來單純是有好酒喝就很開心，二來說錯了話也能推給酒精作祟，方便得很。

「可是……不管我怎麼看，他都不像想在旅館裡到處調查的樣子。這裡每間旅館的人，連老鼠一家子會走什麼路都一清二楚，而大家都跟我有同樣的感覺。」

這麼說來，他也沒有半夜偷上閣樓找線索。

「知道他白天都去哪裡嗎？」

聞問，賽勒斯聳聳不輸長相的厚實肩膀。

「每間旅館的客人都是最近剛走光，白天還很忙，沒時間調查那種事。」

賽勒斯用酒沾沾嘴唇，閉上眼略為側首。

會說「有點太甜了」這種話，表示他對酒真的很講究吧。

「我跟獵人和樵夫打探過，他好像會往村門外那條叉路走，有時候還不一定走在路上。獵人常跟我抱怨說很怕他破壞獵場呢。」

這與赫蘿從山上動物打聽來的相符。

「可是，你也太晚問了吧？」

賽勒斯突然這麼問。

「太晚？」

「嗯……你別往壞處想喔，那個客人住完羅倫斯先生你那就要走了吧。」

羅倫斯明白了賽勒斯的意思。

「是啊。我也想過，現在還調查這種事做什麼。」

各旅館前輩都想破頭也沒弄清楚了，簡直是白費力氣。刻意這麼做是不是有其特殊理由呢？

「大半只是單純的好奇心，因為我以前是旅行商人嘛。」

「好奇心啊。」

在生活年復一年的村莊裡，這或許是個特異的詞吧。有張熊臉的賽勒斯深感興趣地複誦它。

「剩下的呢？」

「算是矜持吧。」

羅倫斯喝了口酒，似乎接下來不管說了什麼都會推給酒精。

「這裡是紐希拉，任何爭執都會化在溫泉裡，每個人都能笑著渡假笑著回去，不是嗎？」

老人心事重重的臉孔浮現眼前。

「我這樣的新人，正適合憨直地矜持這種事吧。」

況且人家還是拿金幣付帳的貴客。羅倫斯又補充道。

賽勒斯眨眨瞪大的眼，搔搔頭說：

「的確，那種青澀的話只有新人說得出來。」

「大家都已經滿身硫磺味了嘛。」

「沒錯。」賽勒斯笑了笑，喀喀響地舒展背腰。頭往旅館門口轉去，彷彿見到那老人正要上哪去。

「我不覺得他是個壞客人。」

賽勒斯輕聲說道：

「付得起錢，也不會隨便抱怨。」

「關於一早就要替他準備午餐餐盒呢？」

「廚房女傭跟我吐過苦水了。」

「還有一個。」賽勒斯對不禁發笑的羅倫斯說：「我喜歡他，是因為他酒量很好，而且會細細品嚐一樣用心地喝，這樣的客人很難得。」

「大家都想把自己灌死一樣呢。」

賽勒斯往門口瞇起眼，輕嘆一聲。

「客人臭著臉出門，老闆卻被客人逗樂了。我這個溫泉老闆的眼睛和靈魂，說不定已經被泉煙給燻花了呢。」

賽勒斯視線回到手邊，喝一口自豪的酒。

「這陣子，你提議那個奇異儀式那時也是這樣。我們在每天生活當中一點一點地磨損，能磨得像河裡的石頭一樣圓滑是很好，但也變得容易隨波逐流，忘了怎麼停下來站住腳。最後完全慣於平淡的日常生活，心裡想要刺激，卻在機會來到眼前時讓它白白溜走；有重要的話，卻不敢對重要的人說；明明見到客人在紐希拉這種地方還愁眉苦臉，卻裝作沒看見。」

賽勒斯說到這裡不再繼續，依稀帶著哀傷低下頭，對酒杯裡自己的倒影低語：

「一個大男人這麼多嘴，讓你看笑話了。」

鬍子底下似乎藏著難為情的臉。

羅倫斯也喝口酒說：

「我也喜歡這種甜度的酒。」

賽勒斯抬起頭，感嘆地笑。

「那大概是因為你那兒的氣氛很甜蜜吧。」

「我那兒？」

「客人很誇你們喔，說比起樂師的歌或舞者的舞，老闆夫婦的親密互動還比較有看頭呢，堪稱是紐希拉溫泉旅館的榜樣。」

「……」

就連對於裝模作樣自成一格的羅倫斯，也不認為自己成功掩飾了此刻的錯愕。

賽勒斯樂到心底般眼角低垂，又喝口酒。

「難怪你家千金繆里會長成一個那麼天真爛漫的孩子。」

賽勒斯的溫泉旅館在這時期客人已經散光，非常安靜。

他斯文的語氣，在屋裡一字一字輕柔地響著。

臉熱成這樣，是酒精害的。

羅倫斯如此說給自己聽的滑稽模樣，逗得賽勒斯笑不攏嘴。

「那個客人的事，我也會盡可能幫你。」

告別時，賽勒斯揮手這麼說。一個不注意，羅倫斯就在賽勒斯家待了一個上午，品嚐各種在冬天熟成的水果酒，回家時已經是一副醉醺醺的樣子。賽勒斯也邀過他留下來吃午餐，但再待下去就太過分了。

畢竟還有神祕客的事要想，羅倫斯為慷慨招待道了謝就回去了。

醉意隨步伐漸漸上腦，使得羅倫斯要確實踏穩每一步才好不容易回到家。在餐廳縫補衣物的赫蘿和漢娜一見到他那張臉就皺起眉頭。

「汝喝得很高興嘛。」

女人們在家作女紅，自己卻是一身酒氣回來，當然是不敢頂嘴。

也許是自知理虧而低下頭準備捱刮的緣故吧，醉意似乎更強了。

「賽勒斯先生那邊的……嗝、酒真的釀得很好……喝……」

「受不了汝這隻大笨驢。」

赫蘿將麻布床單擺在長桌上，起身逼到羅倫斯面前。

原以為會挨打，卻被她扶了一把。

「讓你把臥房燻臭就糟了。漢娜，拿水跟棉被來。」

「馬上來。」

漢娜也了然於心地離座。羅倫斯眼睛才剛跟過去，就被赫蘿拉進隔壁房裡。

這是個挖了地爐，鋪上墊子的房間。在村附近打來的獸肉魚肉，會掛在這裡的梁上燻製，晚上睡不著的人也可以在這邊烤點肉小酌一番，偶爾也會讓白天就醉到上不了自個兒房間的客人睡一會兒。

羅倫斯被扔到地上般躺著，呆望天花板。

屋齡十餘年的溫泉旅館天花板看似有些年歲，但仔細看來還是很新。

聽人家說，要到天花板被煙燻到看不見接縫，才算是老字號的溫泉旅館。

拗不過慢慢閉上的眼皮，羅倫斯不斷在心中嘟噥「接下來、接下來……」。

「喂，還不准睡。」

頭在意識滅頂之前被抬了起來，有個東西抵上嘴邊。

「喝點水再睡比較好。」

赫蘿表情嚴肅地俯視過來。想到她正在為自己擔心，羅倫斯開心地笑了。

「死醉鬼，少在那邊傻笑，快點喝！」

挨罵的羅倫斯喝下一口冰水。這是用溫泉融化的雪水吧。天天都去河邊打水太辛苦，每間旅館基本上都是把融雪塞滿甕之後就擱在溫泉裡等它化掉。

或許是泉煙都會沁進去，第一次喝的時候覺得硫磺味很重，然而現在已經認為紐希拉的水就該如此了。

「真是的，大白天就全身都是香噴噴的水果酒味……越橘、醋栗……嗯？連樹莓都有呀？」

赫蘿嗅得鼻子滋滋響，不平地這麼說。

「真的、很好喝。他好像……對水、很講究。」

羅倫斯笑著這麼說，額頭卻被猛拍一下。不久，漢娜為他蓋上被子，並在地爐放個燒紅的炭，加點柴上去。

「大笨驢，汝欠咱一次喔。」

赫蘿這麼說，他得到一次能在白天丟下工作喝到醉的權利。

羅倫斯笑著閉上眼，聽見一聲嘆息。

接著，頭冷不防又被抬起，有個柔軟的物體塞到後腦勺與地板之間。

「……？」

睜一隻眼查看時，一團布蓋到他的臉上。

「哇噗！幹、幹什麼？」
「嗯嗯？」
挪開了布，見到的是赫蘿有點賊笑的臉。
看來她是接過漢娜的工作，要繼續縫下去。
「咱可不喜歡一個人工作。」
拿大腿給喝醉的丈夫當枕頭。
若僅此而已，就是個勤奮可愛的妻子，但赫蘿這種人偏要把手上縫的布堆在丈夫臉上。
「不喜歡可以推開呀。」
要是真的那麼做，赫蘿肯定會三天不理人。
羅倫斯認命似的嘆息，閉上眼睛。
赫蘿憋笑的振動從腿上傳來。
頭髮也被她用手梳呀梳的，不知不覺就落入了夢鄉。

清醒時，眼前不是臥房的天花板。羅倫斯抱著午睡到不省人事的罪惡感，以及令人沉醉的舒爽打個呵欠。覺得很累，也許是因為夢到一直被赫蘿拿橡果丟的緣故吧。叩、叩、叩，不斷輕輕敲在腦袋上。

被子裡特別溫暖，原來赫蘿就睡在旁邊，還「呼～呼～」地發出細小的鼻息，睡得很香。睡午覺的時候，好歹把遮獸耳的頭巾拿下來嘛。不過羅倫斯剛伸手就停了下來。

因為聽見水滴特有的滴答聲。

屋頂漏水？起初是這麼想，但不太一樣。那聲音正催促他趕快想起某件重要的事。沒錯，夢中赫蘿丟他的不是橡果——

就在下一刻。

羅倫斯赫然抬頭，往旅館門口望去。

「……」

被雪沾得全身濕淋淋的神祕客就站在那裡。

「對、對不起，我怠慢了！」

被橡果丟頭的夢，原來是源自地板傳來的腳步聲。

溫泉旅館老闆睡懶覺的樣子居然讓客人看得清清楚楚，簡直丟死人了。羅倫斯急著起身，卻臨時想起赫蘿還抓在他身上睡，明知藏也沒用仍拉高被子把她蓋住。

老人目不轉睛地盯著這邊。

羅倫斯表情緊繃地乾笑。

……唔～……大笨驢……？被子底下傳出陣陣如此的模糊聲音。

羅倫斯不予理會，硬把赫蘿推開，再用被子一層層包住她整顆頭以後才總算鬆一口氣。嗯啊？搞、搞什麼！即使赫蘿在被子底下七手八腳地掙扎起來，一樣裝作聽不見。

「請您稍等！我馬上準備火爐和布給您擦乾！」

羅倫斯留下這句話就把老人留在門口，抱起赫蘿急忙衝上二樓臥房。可以明顯感到他的視線跟了過來，刺在背上。

實在太失態了！

無論他是否看見赫蘿的耳朵或尾巴，這都關係到溫泉旅館的評價。

將赫蘿捲丟到床上後，羅倫斯無視她的抗議又衝回一樓。

羅倫斯在地爐和暖爐都添滿薪柴，烘烤客人淋濕的衣物。現在沒有其他客人，他又是拿金幣付帳的貴客，再怎麼款待也不嫌多。

然而，無論問他要不要泡個溫泉徹底暖暖身子、想不想在晚餐前吃個小點心、白天上哪去了還是任何問題，他都悶不吭聲，但偶爾會搖頭點頭，表示他不是完全不理人，實在搞不懂。

再加上被他見到自己的蠢樣，羅倫斯慌得不知所措。

最後只好告訴自己殷勤獻過頭恐怕只會更惹他不高興，留下「有需要請隨時叫我」就讓他獨處了。

不過和賽勒斯聊過心聲之後，羅倫斯有很多話想問老人。當然除了好奇外，他也想幫上老人的忙，讓他笑著回去。

姑且從他頂著一身雪來看，應該是在山裡走了很長一段時間，也看得出他如此賣力地找了那麼久卻一無所獲。

問題是，他到底在找什麼。

愈想愈深的謎團，讓羅倫斯跑去廚房找漢娜發牢騷。這是因為被捲起來丟上床的赫蘿還在房間裡生氣，在神祕客烤火的這段時間沒其他地方可去。

「我覺得，太太說的『採藥師』是個不錯的方向。」

漢娜一邊準備晚餐一邊說。不畏風雪地長大成熟，綠得不自然的青菜，被她切成一段段丟進鍋裡。

「妳這麼說是有原因的嗎？」

「先前我熱了點葡萄酒給他喝，看見他在吃雪。」

「雪？他想喝冷水嗎？」

從雪地裡回來就該喝熱飲的想法，說不定是種錯誤。會是在外頭活動了很久，所以口乾舌燥嗎？

「感覺也不是這樣，所以我才那麼說。」

漢娜再往鍋裡下點肉乾和酸白菜，大動作地撒鹽。

「他吃得很慢，好像在檢查什麼。八成是有哪裡不舒服才會那樣。」

發現他愣著眼，似乎不懂那是什麼意思後，漢娜驚訝地問：

「哎呀，您不知道嗎？」

「不知道什麼？」

「在種得出橄欖樹的南方，雪是可以當藥材賣的呢，據說對頭痛、腹痛、發燒或牙疼很有效。不過呢，也只有貴族會去買吧。」

羅倫斯搖搖頭。就連以前的行商時期，他也沒到那麼南邊過。

「即使在南方，高山上冬天一樣採得到雪。有人會把行囊全塞滿雪，在船艙裡堆得跟山一樣才運下去，挖個洞埋起來，等到天氣熱了再拿出來賣。雪本來就不用本錢，聽起來好像很好賺，但也不是哪裡都一樣，不是有句話叫橘化為什麼的嗎？」

「是喔……」羅倫斯讚嘆道。這種生意，一定只有大商行動用大規模貨運網才做得起。只要有那種手腕，就算天上掉個沒完的東西也能變成金幣。

「這麼說來……他是南方人嗎？」

而且還是與寒冷疏遠到會認為雪能治病那麼南。自己連去都沒去過，只聽人說過……

想到這裡，羅倫斯「啊！」了一聲。

正在看爐火的漢娜驚疑地轉過來。

「難道說——」

羅倫斯倉促轉身，意外踢翻了裝蠶豆的簸箕。

「喔哇！哇！」

嚇得他手忙腳亂，趕緊蹲下來撿，背後傳來漢娜的笑聲。

「我家先生真是個冒失鬼。」

「見笑了。」羅倫斯只能稍微側過頭去陪笑。

「行了行了，剩下的我來撿。真不曉得您到底想到什麼喔。」

說起來，那是不希望有人繼續在自己地盤裡添亂的意思吧。

「那就麻煩妳了，不好意思……」

漢娜笑容不改地聳起肩。

羅倫斯將簸箕擺回原處就離開廚房，取出櫃台底下的粗紙和墨壺。原本擔心結凍，幸好還是能用。接著一把抽起羽毛筆，前往有地爐的房間。

神祕客眼睛盯著爐火，手裡一樣拿著雪在啃，且慢慢地嚼，彷彿要讓身體完全吸收。看似山林隱士的老人，聽見羅倫斯的腳步聲而抬起頭來。

羅倫斯說聲「打擾了」就坐到地爐對面，拿起了筆。

並以其所知的所有語言各寫下一個問候詞，交給老人。老人驚訝地張大了眼，打量起羅倫斯。

羅倫斯伸手一個個指在問候詞上，老人便以在大白天見到飛龍的表情指出一個字。很意外地，老人所指的是這世界任何地方，甚至應該在天堂也通用的文字。那是有一定教育水準才會讀寫的教會文字。

「您究竟是……什麼人？」

羅倫斯不禁這麼問。老人張口想回答，卻又立刻閉上，改往他手上的紙筆指了指。羅倫斯隨即交出去，老人點頭似的道謝，疾筆振書。老人雖然冷淡，但並不孤僻，單純只是語言不通而已。而且他來自遙遠南方，這裡又是日前還在異教徒領地內的偏僻溫泉鄉，當然沒想到旅館老闆懂教會文字。

但話說回來，他在這裡住這麼久了，沒發現客人中大多是高階聖職人員嗎？倘若溝通不便，請他們翻譯就能跟旅館老闆對話了吧？

總覺得哪裡兜不上時，老人送來了他寫的話。

「這是……」

老人對羅倫斯疑問的眼神點點頭。

紙上是這麼寫的——

——我是奉尊貴主人之命，直奔這村落尋找一種特別甘美的泉水。然而，我不覺得這裡的雪或清水有何特別之處，不知閣下可有耳聞？

好流麗工整的筆跡。

「採藥師」一詞重現腦海，以及漢娜說的以雪入藥。

老人沒有輕易洩漏目的，是因為需要這藥材的人身分尊貴。有地位的人一旦暴露弱點，便容易遭受攻擊，的確極有可能向周遭隱瞞病情。會在紐希拉長住的客人，也有不少來自南方。若請託懂教會文字的人居中翻譯，遇到主人的敵對勢力可就糟了，自然不會隨便透露自己正在找藥的事。

這下老人始終凝重的表情也說得通了。

「我……」

羅倫斯開口回答之際，想到老人幾乎不懂這裡的語言。

於是頷首致歉，取回紙筆書寫。

我不太清楚，可以替您問問熟悉這裡的人。

老人見了這句話抬起頭，鄭重行禮致謝。

不過，有件事羅倫斯怎麼也無法忍住不問。

為什麼把目的告訴我？

羅倫斯猜想，大概是只憑一己之力實在太難找了吧。老人表情有些尷尬，最後拿起筆短短寫了一句。

——因為你看起來值得信賴。

從哪裡看出來的啊？頭疼的羅倫斯只想得到一個可能。與其說值得信賴，其實是覺得能擺平這個人的方法多得是吧。

不過，自己當然是值得信賴。羅倫斯自信地點了頭，使勁把說出「不要太期待比較好」，給自己找台階下的誘惑吞了回去。

想找山上的東西，這裡有一大票可靠的老前輩。

只要拜託其中最值得信賴的一個，八成一次就能找到老人想要的甘泉。因為那個人只要一彈指就能摸清整座紐希拉山頭有些什麼。

問題是，這個神一般的人物才剛被羅倫斯捲成一條扔到床上，正在鬧彆扭。

空著手去，只會被她酸死吧。於是羅倫斯披上毛外套，先往賽勒斯的溫泉旅館走，手裡抱著赫蘿也讚不絕口的醃羊肋。那是用來酬謝他上午的建言，並換些酒回去討赫蘿開心。此外，熱愛釀酒的賽勒斯或許會知道能入藥的甘泉該上哪裡找。

時間已近傍晚，太陽只要一比山頭低，村裡轉眼就黑了。若是平時的紐希拉，現在是為準備夜宴而最忙碌的時候，但在這客人都離開了的時期卻像把吹不熄的蠟燭放進水裡，閒得可以。

進門時，賽勒斯的兒子們正在長桌邊頭捱著頭，學習以木珠和木棒組成的計算器。

繆里的青梅竹馬卡姆也在裡頭，他發現羅倫斯來訪就立刻坐直，以僵硬的笑臉迎接。或許是一時拿不定該笑盈盈地招呼求婚對象的父親，還是該擺出男人應有的表情才會變那樣。

羅倫斯以微笑要他別慌，卡姆的表情才跟著放鬆。

「賽勒斯先生在嗎？」

「在、在。家父在後院劈柴。」

「謝謝。」

接著隨口補一句：

「要用心學喔。」

「是！」

卡姆中氣十足地回答，往旁邊呆看著他的弟弟腦袋戳了一下。

羅倫斯依言來到後院，見到打赤膊的賽勒斯全身冒著白煙，正拄著斧頭喘口氣。

「喔，有事嗎？」

「來謝謝您白天請我喝酒。」

賽勒斯接過他抱在身旁的小紙包打開一看，不禁睜大了眼。

「這肉……這筆交易很不錯嘛，一點小酒就換到了這麼棒的肉。」

「除了道謝之外，還希望您能回答一個問題，還有幫一個忙。」

見他眉也不挑地這麼說，賽勒斯抖著肩笑起來。

「要問什麼儘管問，這是上好的下酒菜啊。」

包好肉放進堆柴場邊的廚房之後，賽勒斯又回來挑起斧頭。

「可以邊劈邊說嗎？」

「您請便。」

賽勒斯點點頭，揚起斧頭不費力地劈下，木樁在痛快聲響中分成兩半。

「我從那位老先生那問出他在找什麼了。」

此時正將木樁擺上樹墩的賽勒斯，聞言不禁把視線轉向羅倫斯。

「他好像來自遙遠的南方，不說話只是因為語言不通而已。」

「那你怎麼跟他溝通？」

「用教會文字。我在旅行的時候不時需要用到。」

「……要給你多少酒才肯教我的兒子們？」

真的想讓他們學，請長住客教就行了。這是賽勒斯式的玩笑。

「有需要隨時都行。然後啊，那個客人說他在找甜美的水。」

「甜美的水？」

「聽說南方有用雪治病的習慣，可能就是為了這個。」

賽勒斯望向遠方，手上仍毫不停歇地劈著柴。

「原來如此。迷信奇蹟之泉可以長壽治百病的人是還滿多的。」

「您知道哪口泉好喝到連死人都會跳起來嗎？」

「知道，你早上也喝過了吧。」

「您釀酒就是用那種泉水嗎？」

「沒錯。普通客人喝河裡打來的就行，醉鬼喝有硫磺味的融雪就打發得掉，可是要給內行客人喝的酒，就得用好水來釀才行。用金幣付帳的貴客也是。」

「可以告訴我怎麼走嗎？」

羅倫斯帶上等中的上等羊肋當伴手禮，不是沒有原因的。既然愛好釀酒，應該知道老人尋覓的甘美泉水在什麼地方。

可是，倘若釀出美酒的祕訣就在於泉水，恐怕不會隨便洩漏。

「你一副這樣想的表情呢。」

賽勒斯將羅倫斯心裡的話全說了出來，笑道：

「那不是什麼祕密。從獵人取名叫『灰狼道』的叉路往北走，會遇到一處很深的岩縫，勉強可以讓一個人擠過去。走到不能再走的地方，有一口再怎麼冷也不會結凍的湧泉，那裡的水可是天下一絕。」

「喔喔……謝、謝謝您告訴我。」

這麼輕易就說出來，讓羅倫斯極其意外地道謝。只見賽勒斯聳聳那厚實的肩膀說：

「這是村裡人全知道的事。」

剎那間，羅倫斯感到眼前畫了條界線。

但若相信對方的為人，也可以這麼解釋。

羅倫斯也已經是這村落的一員了。

「改天我一定登門道謝。」

「你已經謝過了。」

賽勒斯笑著回去砍柴。羅倫斯從商的習慣使他很想再道一次謝，但還是忍住了。對於「同伴」而言，那樣反而見外。

「回去時跟卡姆說一聲，拿瓶好酒回去。你白天醉醺醺地回家，可愛的老婆一定氣死了吧。」

「……差不多就是那樣。」

「還真的每家都一樣呢。」

羅倫斯對賽勒斯的微笑嘆口拜服的氣。

「我先告辭了。」

「慢走。」

這次看也沒看一眼。羅倫斯轉過身，回屋裡請了瓶酒。

遠離賽勒斯的溫泉旅館後回頭一望，只見那外型優美的屋宅靜靜座落在漸暗的天色之中。

請赫蘿喝賽勒斯的酒，好不容易逗她開心以後，羅倫斯轉而向也會上山摘野菜的漢娜問水的事。而結果一樣，賽勒斯說的泉水就是這裡最棒的泉。

要是表現出一點點「早知道就不必找賽勒斯換酒了」的樣子，一定會被赫蘿咬。既然她喝得那麼開心，也算沒白跑了。

能透過教會文字溝通的老人自稱凱列斯。由於他身負主公密令，那可能不是本名，不過這一點倒是無所謂。

此刻旅館沒其他客人顯得太過安靜，羅倫斯便邀他共進晚餐，他也爽快答應了。雖然老人還是一副難相處的臉，但他好像本來就是面惡心善，吃得開心就會誇好吃，見到赫蘿食慾太旺盛而被羅倫斯挑毛病，他也看孫子打鬧似的稍微笑瞇了眼。既然凱列斯開心，當溫泉旅館老闆的即使難為情也該讓客人繼續笑下去。

隔天，羅倫斯自願幫凱列斯打水，他卻徐徐搖頭婉謝，只求給他一個陶甕裝水。他是認為自己的工作就該自己做吧。對工作的自尊，高得堪比騎士。

將「灰狼道」的位置和入口處的顯著地貌告訴凱列斯之後，羅倫斯與漢娜在微明之時替他送行。赫蘿嫌冷，巴著床不肯下樓。

凱列斯的臉還是一樣沒笑容，可是背影的腳步似乎輕盈多了。

哎呀呀，終於又了了一樁事。羅倫斯滿足地嘆息。

稍微睡個回籠覺，三人繼續進行每天所需的工作。

過了中午，凱列斯回來了，而失落全寫在臉上。

「沒找到水嗎？」

賽勒斯說那口泉無論多冷都不會結凍，不過山上會出什麼事沒人料得準。羅倫斯詢問後，凱列斯慢慢搖了頭。他應該沒聽懂，搖頭只是表示失望吧。

「總之先把濕衣服烘乾吧。」

羅倫斯往地爐和暖爐添柴時，凱列斯始終目不轉睛地往抱在懷裡的陶甕裡頭瞧。表情是那麼地絕望、哀傷。

「請用。」

以手勢請他烤火後，凱列斯放棄了什麼似的接受了。羅倫斯謹慎地接過陶甕，交給在一旁識相地靜靜看著的赫蘿，並協助凱列斯烘烤濕衣服。

等告一段落，羅倫斯給他一杯熱葡萄酒，到隔壁餐廳與赫蘿耳語。

「不是這個水嗎？」

赫蘿往甕裡嗅了嗅，歪起頭說：

「應該是這個沒錯呀。」

她嗅覺和狼一樣強，應能分出水的優劣吧。

但既然沒錯，為何凱列斯這麼失望呢。羅倫斯想到這裡，忽然注意到一件事——凱列斯為何認為這不是他要的水？反言之，他要找的水究竟有怎樣的特徵呢？

「我問妳，奇蹟之泉真的存在嗎？」

這個沒頭沒腦的問題，讓赫蘿看著羅倫斯發愣。

「就是青春之泉或療傷之泉那類的嘛。」

經過解釋，赫蘿才明白地點頭。

「咱也聽過那種迷信。汝也吃過帕斯羅村那些，用咱一直在裡頭睡午覺的麥子做的麵包唄？」

赫蘿為信守承諾，給了那村落數百年的豐收。羅倫斯從前行商時，會把那裡編入路線，時常經過。

怎麼突然說起這個？只見赫蘿對錯愕的羅倫斯賊賊笑道：

「汝吃了用咱施恩的奇蹟養大的小麥麵包，蠢病一樣沒治好啊。」

「……」

羅倫斯不禁嘆氣，赫蘿咯咯地笑。不過這答案倒是很淺顯易懂。

「這麼說來……」

凱列斯究竟想從這水喝到什麼？抑或是迷信太重，以為一喝就會見效才大失所望？羅倫斯對著村民們一致公認紐希拉最甘美的泉水直發愁。

這時，嘴繃得緊緊的凱列斯來到他面前。

「啊，抱歉……咦，要水嗎？」

凱列斯作勢取回陶甕。羅倫斯當然沒拒絕的道理，交到他手上。

他跟著將嘴湊上甕口並重重抬起，閉上眼大口喝了起來。

一會兒後睜眼時，臉上依舊是滿滿的失望。

「好喝……」

凱列斯操著奇怪口音說：

「好喝……」

然後搖搖頭。羅倫斯與赫蘿對看一眼，又望向凱列斯，而他大嘆一聲，將甕擺到桌上。

「不對。」

那是明確的否定。羅倫斯還來不及開口，凱列斯已經轉身走了。只要問他哪裡不對，或許就能直接找到解決辦法。

若求的是藥效，也許該儘快說明他期待的全是迷信。

想到這裡，凱列斯的手伸向了他擺在地爐邊的濕行裝。

「……斗笠？」

就是赫蘿說的那頂以鐵作夾層的毛皮斗笠。凱列斯將斗笠翻過來，解開內側繩結除去濕毛皮。見到顯現的東西，羅倫斯像看人變魔術一樣驚訝。

「原來真的是鍋子嗎？」

凱列斯隨那疑問從背包中取出幾個小袋子，裡頭沙沙作響。羅倫斯往身旁的赫蘿看，她卻只是聳肩。

「酒。」

凱列斯道。羅倫斯聽了回過神來，急忙往廚房去，但被他制止。

「不對，酒。」

凱列斯搖頭再說一次「酒」。手捧的鍋裡有個麻袋。

羅倫斯回想起赫蘿昨天對凱列斯隨身物品做的評論。

袋裡是麥穀。所以那口鍋子——

「難道你……是釀酒師？」

凱列斯似乎聽不懂羅倫斯的話而皺起眉心，只是再說了一次「酒」。

鍋子是兩口相同鐵鍋疊在一起。凱列斯將汲來的水倒進其中一口，架到地爐火堆上，再將麻袋裡的粗碾麥全倒進另一口鍋裡。

「喔，那是這一帶的大麥吧。」

「汝光看就知道哇？」赫蘿問。

凱列斯就這麼煮起水，不時攪拌。等到蒸氣滾滾但不至於沸騰時移出火堆，用行李中的木杓舀水倒進麥鍋裡攪拌幾下，一直重複到所有熱水都移到麥鍋裡。最後以手指測量溫度，調整鍋子在火堆的位置，將原本煮水的鍋子翻過來當鍋蓋蓋上。

初步手續似乎是到此為止。

接著凱列斯轉向羅倫斯，索取紙筆。

——我是於某國王家服務的廚師。

頭一句就是如此。對於「王家」二字並不吃驚，是由於他的高額付款，以及教育程度高到可以使用流利的教會文字。一般市井釀酒師可沒這能力。

——原本是王妃的家僕，後來陪嫁到現在這個王家。

寫到這裡，他的手忽然按上鍋子，確認什麼似的閉上眼。

然後直接用手指移動地爐爐炭調節火力，不怕燙，也沒有燙傷的樣子。看來「好廚師手皮厚」這句話所言不假。

——王妃大婚之際，只有過一次自私的要求。那就是泡一次聞名天下的紐希拉溫泉。說只要能了卻這樁心願，以後吃再多苦都忍得了。

當時時局比現在動盪多了。羅倫斯點點頭，凱列斯也慢慢闔眼，彷彿能聽見當時的喧囂。

——於是王妃隱瞞身分，帶上我和幾個家僕同行。她在這裡過得非常開心，恐怕是當成最後的自由而享受著每一天。

在高貴的家族之間，血統不過是種工具。羅倫斯一句句地翻譯給赫蘿聽，而赫蘿也明白王妃的心思，表情鬱悶。

——後來，王妃在那裡邂逅一名年輕男子。我們很快就看出他出身高貴，無法強作阻攔。於是日子一天天過去，兩人也一天比一天親密。

譯文使赫蘿臉色愈來愈陰沉，哀傷地依偎羅倫斯，抓起他的手，好似在祈求故事能有轉機。

——雖然王妃是個謹守宮廷禮儀，氣質典雅高尚的淑女，但在紐希拉就不必那麼拘泥了。她酒量甚佳，於是痛快地喝、忘情地跳舞，就連那位少爺也吃不消。

酒量好又愛跳舞的女人似乎很得赫蘿鐘意，開始有點笑容。

——可是快樂的時間總是過得特別快。王妃不是意志薄弱的女人，沒有犯下一時的過錯。時辰到了以後，她便嚴謹地收拾行李，與陪她狂歡的少爺握個手就告別了。

腦海中，幾乎能看見一個身姿端正，甚至不帶一絲微笑，舉手投足都透露著威儀的堅強公主。

赫蘿緊抱著羅倫斯的手臂，即使看不懂也凝視著凱列斯所寫的字。

——回程上，王妃一句話也沒說過，直到婚禮當天才終於開口。她就要在陌生的土地、陌生的城樓、陌生的人群中生活了。我不曉得王妃心中有多惶恐，可她是個堅強的人，只對我這個來自她家鄉的人說了一句話：「你應該清楚記得當時那些酒的味道吧？」我鑽研宮廷料理，為的就是不讓王家丟臉，當然是賭上自己的名譽，告訴王妃我還記得。

凱列斯再度側目瞥視鐵鍋，慢慢動筆。

——於是王妃對我說，那麼她就放心了。只要想到隨時都能喝到那種酒，她就放心了。

老人的手在此停下，盯著紙動也不動，只能聽見地爐裡的炭「啪、啪」燒裂的聲響。

接下來的窸窣聲，是赫蘿向前探身而布匹摩擦的聲音。

「結果……嫁過去以後發現一張熟悉的臉，沒有嗎？」

據說在貴族的政治聯姻中，沒見過對方長相是理所當然的事，而故事也因此有了許多想像空間。例如原本是算盤打盡而結的婚，結果兩人卻早在不問身分的地方就已相愛，小鎮姑娘都喜歡這種故事。

凱列斯當然也十分明白這回事吧。儘管幾乎不懂赫蘿的話，他仍慢慢搖了頭。

赫蘿倒抽一口氣，羅倫斯輕摟她細瘦的腰。

——國王年紀大王妃一輪，英俊挺拔知書達禮，對王妃疼愛有加。王妃很快就懷了胎，那樣笑聲不斷的宮廷應該世間少有吧。

凱列斯往赫蘿看去，微微一笑。

發現自己被擺了一道的赫蘿竟打起羅倫斯的手洩恨，但看得出她打從心底鬆了口氣。而凱列斯的故事也說得很有一套，八成已經對孫子之類的說了很多遍。

可是，他的筆沒有停在這裡。

故事與現實的差異只有一處，那就是現實不會在此結束。

——王妃一次都沒再要求過當時的酒，因為沒那種必要。然而後來國王長年病臥，於是王妃命令我釀出當時的酒。

多半不是自己想喝，而是給飽受病痛之苦，恐怕來日不多的國王喝的吧。

舊世代的君王，基本上人生全塗布著征戰與政略。就算想悠哉泡個溫泉，也比貴族千金這樣的籠中鳥更遙不可及。

羅倫斯想起凱列斯悶悶不樂的臉。

廚師是一種給人帶來快樂的職業。這很可能是凱列斯的職業生涯中，最後且最重要的工作。

「可是，您無法重現那種味道嗎？」

羅倫斯同時寫下問題，凱列斯喪氣地點了頭。

——我已經不曉得用當地的麥子試釀了多少次。味道、材料我全都記得，但就是釀不出來。我在這喝過的啤酒都非常單純，單純到嘗過水就能大概了解最後是什麼味道。所以我抱著一絲希望，一間一間地換旅館。

「怎樣的希望？」

凱列斯看了看面泛疑惑的羅倫斯，接著不知為何望向赫蘿。

雙眼慢慢瞇起，彷若慈祥的笑容。

——據說釀酒的時候，當地的空氣會融進酒裡。空氣裡充滿陰鬱就會有陰鬱的滋味，明朗的氣氛就會有明朗的滋味。所以我想，這裡可能很有機會。

寫下最後一字，凱列斯別有用意地微笑。赫蘿歪起頭，羅倫斯則有點難為情地咳個兩聲。白天被他見到兩個人窩在地爐邊睡午覺的樣子，現在赫蘿還少女似的依偎在羅倫斯身上。

的確，雖然羅倫斯沒膽說自己的溫泉旅館是紐希拉第一，但其他方面可就不同了。賽勒斯也才誇過他們而已。

論夫婦感情，絕對是全村第一。

但儘管羅倫斯也聽說釀酒師有這樣的迷信，也不曾真正相信過，而凱列斯也是如此吧。他只是千方百計尋找釀法，任何可能都願意嘗試罷了。

——這裡的水很甜美，每間旅館提供的都一樣。用這樣的水釀出的酒也肯定好喝，不過也只是好喝而已，沒有三十年前那種獨特風味。

寫完，凱列斯從背包裡取出幾個小麻袋，裡頭裝滿採自這週邊的各種香草。滿屋子的香氣讓鼻子靈的赫蘿打起小小噴嚏。

「風味……」

會是那個氣氛融入酒裡了嗎。

凱列斯仍舊面色凝重地乾瞪鍋子。

而鐵鍋就只是靜靜躺在那裡而已。

赫蘿嗅覺強，對食物滋味也相對挑剔，可是完全不會做。漢娜也不懂釀酒，最後只好又去請教賽勒斯。

「三十年前啤酒的味道？」

聽了這問題，賽勒斯一臉的錯愕。

「我剛到這裡來的時候啊……」

賽勒斯沒再說下去，視線轉向羅倫斯身旁。

看的是先一步來訪的客人。

「剛好是我在你這年紀的時候吧。」

那是個頭禿得發亮，鬍鬚如泉煙般又白又長，非常醒目的老人。他名叫杰克，個子不高，據說年輕時有副圓滾滾的身材，在如此高齡也能依稀窺見當年的風範。在這紐希拉，他的溫泉旅館餐點是數一數二地美味，現在已經退休了。

「不過那畢竟是啤酒吧？我不知道詳細的釀法，總之用這裡的大麥，也用一樣的方法烘焙麥芽，釀出來的東西不會有什麼差別。既然他是宮廷的老師傅，不太可能搞錯那種事。」

羅倫斯盡可能不提及凱列斯真正的目的，與賽勒斯和杰克共享資訊。

「當年麥子的狀況怎麼樣？」

杰克對賽勒斯搖了頭。兩人都熱愛釀酒，年紀差距雖有如父子，感情卻像師兄弟一樣。

「收成真得很差的話可能會有影響，不過只要麥汁變成酒之前的那個階段用小麥粉來補，應該是補得回來。他在這方面的技術比我們高明才對。」

別說賽勒斯，杰克也很將這位客人放在心上。可能是吃了他自豪的好菜好酒卻擺著臭臉，嚴重傷到他的自尊吧。可是一聽羅倫斯說他是宮廷廚師，杰克又是另一種大受打擊的表情。或許對於稍微踏進烹飪世界那麼一步的人而言，宮廷廚師的層級甚至比雲還高。

「他說，當年有種獨特的風味。」

「嗯……會是時代的味道嗎……」

「那是釀酒師的迷信嗎？」

賽勒斯問道。

「嗯？啊，你說有什麼空氣就會有什麼味道那個啊？那是真的——」

「咦！」

羅倫斯和賽勒斯同時大叫，杰克跟著哼了一聲。

「不過，事實上不是一般人在講的那種『氣氛』。要是土地改變到連氣候都變了，用同樣材料釀出來的酒也會明顯不同。多半飄在空氣裡的酒精，也會和我們一樣隨土地改變吧。那位客人肯定是因為這個緣故，才會千里迢迢跑來這個深山裡頭。如果材料一樣就釀得出來，花錢就能搞定了，不是嗎？」

這問題是對羅倫斯說的。曾是旅行商人的他，在這北方土地面子還算廣，不愁材料問題。見杰克笑得像個惡作劇得逞的小鬼，羅倫斯氣也不敢喘一下。

「這個，呃，也是啦……只要花點時間，是都弄得到。」

「有技術、有材料，還到了同樣的土地來，結果還是釀不出同樣的風味。這麼說來，當時摻在酒裡的恐怕是當代的空氣……也就是回憶吧。」

可是，即使是三十年前的事了，專職豐富王族餐桌的廚師會誤認那種味道嗎？

羅倫斯和賽勒斯都沒敢吭聲，只用眼色互相表示如此疑問，看得杰克拉高聲音嘆氣。

「所以說你們還太嫩。」

並且怒斥：

「人光是開心，飯就會變得好吃，和臭味相投的好朋友吃就更好吃！相反地，和冷戰中的老婆面對面吃飯，吃什麼都沒味道！就是這麼回事！」

「……」

受教了。兩人不約而同低下頭後，杰克裝模作樣地頷首，重重「嗯」了一聲。這讓羅倫斯不禁想到赫蘿，對杰克頗有好感。

「只不過，我們紐希拉的確不該讓客人臭著臉回去。」

杰克不甘地這麼說，摸摸他的大光頭。

「你來之前，賽勒斯跟我說過那位客人的事，也說了你的事。你說得對，我啊，還氣得大罵過『哪有這麼挑嘴的人！』，當作是客人的錯，沒發現自己的靈魂被溫泉的煙給燻花了。真是太慚愧了。」

杰克握起羅倫斯的手說：

「羅倫斯先生，謝謝你讓我活到這把年紀又想起真正重要的事。」

羅倫斯詫異得不知如何是好，但杰克沒有揶揄或開玩笑的感覺。於是他也注視著杰克那對被歲月磨得像孩子的眼睛，回握的手自然而然鼓起力氣。

「呵呵呵。你在這村子蓋旅館的時候，我還在想怎麼來了個不中用的呢。」

杰克毫不避諱地笑，而賽勒斯不敢當著羅倫斯的面笑，假裝咳嗽混過去。

「人做適合的事，叫做如魚得水。羅倫斯先生就是該來這裡的魚吧。」

肩膀被拍了幾下，讓羅倫斯感到緊繃的臉上有東西片片剝落。

恢復柔軟的臉頰，坦率展現著喜悅的笑容。

「可是我第一次喝這裡的水那時，拉了好幾天肚子呢。」

「哈哈哈哈，因為溫泉裡的硫磺吧。我打從出生就是用這裡的水洗澡，一點也不怕，不過這個賽勒斯當初也是完全不敢喝呢。」

「就連揉麵用的水，也是河水或山上的清泉。」

這讓羅倫斯想起自己醉酒回家時，赫蘿給他喝的冰水滋味。藉溫泉融化的雪水，會混雜溫泉的薰香。說起來，這就是紐希拉的味道吧。

因此賽勒斯也理所當然地接著這麼說：

「每個東西都染上了溫泉的味道呢。」

咦？

三人異口同聲。賽勒斯也被自己的話嚇了一跳。從老行家到菜鳥，三個溫泉旅館老闆面面相覷，臉上都寫著「不會吧」。

羅倫斯忍不住追溯記憶。與賽勒斯和凱列斯的對話隨即浮現腦海。

好酒的原料少不了好水，然而凱列斯卻說這山中最棒的水就只是好喝而已。那麼從賽勒斯說的話來想，凱列斯找不到答案的原因就很明顯了。

這裡是紐希拉，為客人提供最好的服務，對豪客更是如此，無論個性乖僻與否。羅倫斯也曾因收下金幣而打算為他安排樂師或舞者，就連給他帶在路上吃的麵包也是下了重本的小麥麵包，給予溫泉旅館所能做到最高級的款待。正因如此，凱列斯不是所有東西都嘗得到。

那就是賽勒斯所說，專給分不出味道好壞的醉鬼之流，用到處都有的水所釀造的酒。

以溫泉融化的雪水製作的單純啤酒。

「……常言道，燈台底下暗啊。」

杰克乾啞地說。雖不知答案是否真是如此，三人都感到「確信」幾乎能抓在手裡。

「這下應該就能守住紐希拉的名聲了。」

賽勒斯說道。

羅倫斯感慨地注視他們二人，結果他們一起猛然轉過頭來說：

「喂，還愣在這裡做什麼！你那裡的客人還在愁眉苦臉的耶！」

羅倫斯有如當年還在見習時被師父罵了一樣跳了起來，倉皇轉身就往門口跑，但中途發現這不是自己一個人的功勞又轉了回去，只見杰克和賽勒斯都淡淡地對他笑。

「我們待會兒要好好反省自己沒能讓客人笑著離開，你就快點去吧。」

杰克作勢趕人，帶著燦爛笑容。

「回頭再跟我們報告啊。」

賽勒斯說完就把腳邊的木桶抱起來，擺到櫃台上。兩人都不再多看他，不過那是熟稔的表現。會久久注視旅人離開，是因為他可能不會回來的緣故，那麼反過來又是什麼意思呢。

羅倫斯懷著滿心澎湃的喜悅離開了賽勒斯的溫泉旅館，快步返家。對釀造結果深感興趣而守著鍋子的赫蘿和漢娜，見到他神采飛揚的模樣都投以好奇眼神。

聽了事情原委後，漢娜半信半疑地拿來以溫泉融化的雪水。

凱列斯喝下一口，閉目沉默片刻，吐盡胸中悶氣似的長嘆。

睜開眼時，有如探出雲縫的太陽，笑得好開心。

最後，凱列斯用兩種水各釀一次。由於其他材料、程序和製作者都相同，會造成差異的就只有水而已。

靜待幾天後，結果差異甚大。

「原來會差這麼多啊。」

眾人試喝了泡發得相當漂亮的啤酒。若沒有特別說明而單獨喝，或許喝不出哪裡不同，比較著喝可就很明顯了。凱列斯能一再藉由自己三十年前的記憶分辨差異，實在教人敬佩。

——這樣，我最後的工作就圓滿結束了。

兩種酒都釀好後，凱列斯在紙上這麼寫。他年事已高，雖說奉主人之命而來，但宮廷廚師能離開廚房那麼久，恐怕是因為他在廚房已經不是指揮的角色了吧。

——真的萬分感謝。

卸下重擔的凱列斯，完全是個和藹的可愛爺爺，目的已經達成就不該久留似的收起行囊。由於他付的是金幣，羅倫斯想用銀幣找零，卻被拒絕了。

他堅稱當作回禮，又擺出不苟言笑的臉。

然後以那表情寫道——

——等我退休以後有空再來這裡玩，就用那些付錢。

既然一併附上了笑容，也沒什麼好推辭的了。儘管只是口頭約定，羅倫斯仍在紙上寫下大大的「期待您下次光臨」。

凱列斯也笑呵呵地點頭。

目送凱列斯背起剛釀的酒，踏著比來時更穩健的步伐回去後，一晃眼就是好幾天時間。往事似乎和酒一樣，稍微多醞釀幾天才比較容易回憶。

「汝老嘍。」

赫蘿將凱列斯釀的最後一點啤酒倒進杯裡，不解風情地這麼說。

「喂，多少留幾口給我嘛。」

赫蘿裝作沒聽見，炫耀似的喝得津津有味。

真是的……羅倫斯無奈一嘆，並發現她鼻子下多了一大條滑稽白鬍子，樣子十分開心。

她在開心什麼呀？這麼想時，赫蘿頭倚上羅倫斯的肩說：

「咱啊，有必要好好記住這個味道呢。」

那是能使人憶起這片土地、這一刻的味道。

「請適可而止。」

話裡微微帶了點苦楚。羅倫斯無法永遠陪伴赫蘿，不希望自己死後拖住她的尾巴。

不過人生就像啤酒一樣，只有甜就不會那麼香醇了吧。

「大笨驢。」

赫蘿無奈一笑，牽起羅倫斯的手。死後就別抹聖油，改灌這種啤酒好了。羅倫斯這麼想著，喝下赫蘿讓給他的酒。

原來如此，會湧出幸福與笑聲的溫泉旅館所釀的酒，說不定有點太甜了呢。

狼與一身泥的送行狼

遠處傳來的擊木聲，與載貨馬車車輪聲、騾馬嘶鳴摻在一塊兒，不時還有些人們忙碌的吆喝。若閉上眼，多半會以為自己人在城鎮的工地裡吧。

這樣的喧噪，讓人紮實感到冬天真的要結束了。

在這個晴朗無風的和平日子，遠離塵囂的山村紐希拉正準備洗去累積整個冬天的塵垢而熱鬧非凡。

「盧米歐尼金幣？有二十……十九枚沒錯吧。德堡銀幣，七十三枚。迪普銅幣有一堆、兩堆……總共六百枚沒錯吧？都秤過了嗎？」

不斷有人進出的村落集會所，瀰漫著生鏽金屬的氣味。每個人手都提著布袋，重重擺上房中央的長桌，解開束口繩倒出來，裡頭全是種類繁多的貨幣。

「那麼，阿雷茲先生的份都在這裡了沒錯吧？」

「有勞了，羅倫斯先生。」

鬍鬚比頭髮多的溫泉旅館老闆，摸著他光溜溜的頭寒暄。

坐在長桌上座，算到手指黑漆漆的羅倫斯笑著回禮。不過那是因為忙到笑容繃在臉上，收不起來的緣故。現在做的，是幫一個接一個的老闆們處理冬季長住客支付的貨幣。

羅倫斯要將平均有五到七種，多則十至二十種的貨幣分類、清點，還得視情況秤重。因為平時沒事做的泡湯客可能會一枚枚仔細削薄貨幣，竊取那一點點的銀或銅。假如重量與數量不符，到了兌換商那可是會被刮一筆的。這樣的作業，已經持續一上午了。

溫泉鄉紐希拉是祕境中的祕境，在人手間來來去去的貨幣，也將在這裡結束旅程。因此，各家旅館每年必須將攢自客人口袋的錢拿到需要貨幣的大城鎮兩次，購買新季節所需的物資、請工匠修繕屋舍，剩下的則交給兌換商存起來。畢竟堆在被泉煙燻得發黴的箱子裡一毛也不會變多，要是讓人知道山裡有錢堆，還不曉得會引來什麼凶神惡煞呢。

按照慣例，每家旅館老闆都得輪流做這項工作，而今年棒子終於交到狼與辛香料亭的主人羅倫斯手上。在紐希拉開業了十多年，每次都是風涼地請人服務，完全沒想到做起來這麼累人。

「羅倫斯先生，阿爾沃村的貨送到嘍！」

清點貨幣已經夠勞神的了，工作還不僅如此。

「麻煩跟達馮先生通報一聲，放倉庫裡！」

紐希拉是位在深山邊境的小村，而更深處還有人建立了幾個零星聚落，在那裡生活。到了這時期，他們會一個個背著冬季儲存的麻線、麻布或堆積如山的毛皮，走過終於暢通的山路到紐希拉換取只能在城鎮取得的酒、糧食或金屬製品等必需品。紐希拉的居民通常會換走大半，剩下的就和貨幣一樣拿到城鎮去賣。

這時候，紐希拉就會從泉療場所搖身一變，成為深山中的大市集。

「羅倫斯先生！亞迪諾亭的老闆想改一下訂單！」

「羅倫斯先生！麻布要放哪裡？」

「羅倫斯先生！」

「羅倫斯先生！」

當大大小小的事終於告一段落，羅倫斯就連離開椅子的力氣都沒了。到現在還在耳鳴，好像能聽見有人在喊他。過去當旅行商人的時候，明明很習慣買賣的吵鬧，甚至也在站都沒地方站，就連自己的叫喊都快聽不見的市場作過生意，但那一切卻彷彿已經是上輩子的事了。從前的喧噪，的確勾起了他些微的鄉愁，但現在能為村子盡點力也讓他高興得不得了。

這份工作還要持續幾天，得好好幹活才行，才不會讓其他老闆看笑話。為此，還是早點回家上床睡覺比較好。

當羅倫斯這麼想著起身時，逗留在集會所門口聊天的旅館老闆們吵鬧起來。

「喔？這可真是稀客。」

「找羅倫斯先生嗎？對，他在裡面。」

「話說妳看起來怎麼還是這麼年輕啊，還以為是他女兒呢。」

半掩的門後傳來如此對話，一道人影探射進來。

屁股才剛離開椅面的羅倫斯不禁輕笑。

「汝啊。」

光是聽見這聲音，整天下來的疲勞就全飛了吧。從門縫間探出頭來的，是個外套一路蓋到腳踝，頭袋兜帽的嬌小少女。胸前抱了個小酒桶，不認識的人見到她，多半會以為是哪家的女兒來跑腿吧。事實上，兜帽下那張臉還真的有些稚氣。

而這位狀似少女的人物，一來到羅倫斯面前就高姿態地歪唇笑他說：

「怎麼像頭割完毛的羊啊？」

一如往昔的嘲諷，搔得耳朵癢呼呼的。面前這個人，並不是眼中所見的小丫頭。儘管外表看起來是個十來歲的女孩，兜帽下卻藏著常人沒有的獸耳，腰間還長了條尾巴。她的真面目是能將人一口吞下，高齡數百歲，寄宿於麥子中的狼。

同時也是羅倫斯最驕傲的妻子——赫蘿。

「沒必要特地來接我吧。」

若是前一陣子，來接人的應該會是長相和赫蘿一個樣的獨生女繆里吧。可是她不曉得遺傳到誰，偷跑出去旅行了。

「咱怕丟著汝一個人，會寂寞得哭著回家嘛。」

赫蘿說完就把酒桶推過來。羅倫斯一拔栓，撲鼻而來的蜂蜜酒香就燻得他胃用力一縮，想起自己打從起床到現在什麼也沒吃。吞進一口，甜得膩人的酒使疲憊的軀體重獲新生。無論赫蘿嘴上怎麼說，心裡總是先為羅倫斯著想。

再說，赫蘿才是真正寂寞的人吧。冬天結束後溫泉旅館就沒生意了，長年分擔勞務的寇爾寄旅他鄉，獨生女繆里也跟他跑了；雖然後來來了個奇特的客人能解點悶，不過他也在前幾天回去了。假如她是受不了整天獨守空蕩蕩的溫泉旅館才跑來的，那真是太可愛了。羅倫斯稍微用力地摟住赫蘿似乎靠得比平時緊的瘦小身軀。

「話說旁邊倉庫堆得可真滿啊，貨幣也像寶山一樣。」

「是啊，妳是第一次見到吧。」

若非有事，赫蘿鮮少離開溫泉旅館。不僅是因為赫蘿不是人類不會變老，沒事最好別拋頭露面，其次則單純是不愛出門而已。

「今年好像特別多呢……之前每年都是看人在忙，現在才知道做起來這麼累，嚇我一跳。今天真的是忙到頭昏眼花，想到後面幾天也要這樣就會怕。」

羅倫斯苦笑著喝口酒後，赫蘿又笑了。

「怎麼啦？」

「呵呵，咱好高興呀。」

「高興什麼？」

外套下的尾巴呼呼呼地搖。羅倫斯以為赫蘿又惡作劇了，忍不住從頭到腳檢查一遍。

「因為村裡的人又更認同汝一點啦。」

赫蘿在麥田裡住了數百年，守望一座名叫帕斯羅的村落。村裡自然會有外人遷入，赫蘿很明白他們為了融入當地需要花費多少苦心。

而這樣的赫蘿，正為羅倫斯高興。

「因為我一直都很努力啊。」

即使一臉疲憊又做作得可以，還是要往臉上貼個金。赫蘿嗤嗤而笑，伸手要扶羅倫斯。

「是因為有咱助汝一臂之力吧。」

「好像是。」

羅倫斯牽起赫蘿的小手站起來。

向逗留在集會所的商人們打過招呼後，兩人就離開了這裡。天空已一片殷紅，地上積雪卻沾滿了夜晚的藍。由於四面都是高峻的山，紐希拉沒有所謂的黃昏。在天空依然明亮時，村子就沒入了夜幕之中。

「話說……」

羅倫斯低語道：

「除了妳這隻纖纖玉手之外，我想還是得另外請個人手才行。」

「嗯？」

今天會忙得這麼累，也是因為沒多少年輕人能替他打雜的緣故。

即使有交情不錯的旅館老闆賽勒斯之子卡姆來幫忙，還是忙得不可開交。

清點眼前一大堆貨幣的途中，「有寇爾在就好了」的念頭不知有過多少次。不然假如女兒繆里還在村裡，也能協助收取及整理鄰近聚落運來村裡的貨物。

然而，這兩個人卻結伴出遊了。原本只有寇爾一個上路，結果淘氣的繆里似乎是躲進行李中偷跟過去了。赫蘿常笑他當爸當傻了，可是那怎麼能教人不擔心呢。即使寇爾是個正人君子，繆里還是跟男人單獨外出啊！

「要是我們家兩個年輕人都在……」

這句話有很多意思，而赫蘿很善良地往好的方面解釋。

「汝最近懶散很多呢，偶爾做點粗活對汝也好唄。」

赫蘿邊戳他腹側邊說。

雖說溫泉旅館老闆有副雙下巴和大肚腩比較有架式，可是赫蘿不喜歡那樣，羅倫斯平時生活飲食也很節制，頂多留了點鬍子，好讓人覺得成熟可靠罷了。

「話是沒錯，不過要是他們一去就是個把年，不請人真的會累壞啊。等到下一個旺季，只靠我一個實在撐不起整間旅館。」

接著，羅倫斯補充道：

「當然還要加上妳的針線，還有漢娜的廚藝。」

心中常懷感謝，是維持夫妻圓滿的祕訣。赫蘿放他一馬般輕哼一聲說：

「汝不是最近要下去鎮上一趟嗎？在那裡隨便請兩個人就好了唄。鎮上那麼多人。」

「是沒錯，可是寇爾那樣的人才不好找啊。」

赫蘿對嘆息的羅倫斯露出不耐表情。

「麥子不會種下去就結實。」

「嗯？」

羅倫斯往赫蘿看去，好一會兒才總算明白她的意思。

「妳是要我用心栽培一個嗎？」

「嗯。咱也費了不少苦心啊。」

赫蘿很刻意地使著眼色這麼說，羅倫斯只能苦笑。自己的確有很多因赫蘿而成長的地方。

「不過呢，汝也長成了一個堂堂的雄性就是了。」

赫蘿抬起頭，得意地笑起來。

只要能見到這樣的笑容，她愛怎麼說都無所謂。

「可是考慮到妳的問題，也不是請誰都行啊。」

這嘆息似乎讓赫蘿縮小了點。

赫蘿具有非人特徵且不會衰老，光是在人類村莊居住就頗費工夫了。

目前，在羅倫斯的溫泉旅館幫傭的漢娜是個身分不明的女性，只聽說是某種鳥的化身。寇爾則是普普通通的人類，在從前的旅行中得知了赫蘿的真面目，而女兒繆里就不在話下了。

只能僱用無懼於精怪又能保守祕密的人，或是非人之人。

「找米里先生問問看好了。」

他是掌管斯威奈爾鎮經濟的地方大老，同時也是少數知道赫蘿身分的人。

本身其實也不是人類，有這方面的事想商量時很值得信賴。

「假如還是找不到……再走遠一點或許也不錯。」

「走遠一點？」

「是啊，我們在這深山裡也窩了好多年了吧？在以前是作夢也想不到的事。」

在紐希拉建溫泉旅館那當時，還不太相信自己居然會定居下來，再也不去旅行。過去的人生，全是村過一村、鎮過一鎮的漂泊生涯。到處都認識了一些人，也在故鄉加入了結構鬆散的商行。然而不會在同一城鎮待超過一個月的生活，讓他一路上幾乎沒有可以稱作朋友的人。說不定一命嗚呼時，還沒有人能幫他下葬。

但是，這也換來了堪稱環遊過全世界的見識——曾幾何時，有如此自負的自己不知上哪去了，對山下的事也變得疏遠。

不過羅倫斯並不覺得自己是困居僻壤，反而還很高興。

「以前到處跑來跑去，還被妳笑說像野狗一樣呢。現在已經比搬進倉庫的麻布還乖了。」

離開集會所一小段距離後，羅倫斯回望和緩坡道底下附設於集會所邊，周圍空蕩蕩的倉庫。

「妳相信嗎？聽說在山腳下那個斯威奈爾鎮上，麻布現在賣到天價耶。只是其中一部分不會用在斯威奈爾，而是要轉賣到其他城鎮，然後經過陸運、河運，最後送到海邊。」

「海邊？」

在十多年前的旅程中，赫蘿曾出過海，而旅程尾聲也曾順道去看看夏天的海是什麼樣。儘管如此，這麼一個幾乎沒有接觸的詞仍讓赫蘿感慨地望向遠方。

「世道安定下來，商業跟著蓬勃發展。在陸地上一車一車慢慢載已經趕不上需求，所以現在到處都在造船。這村子的麻布，也會有一部分拿去給那些船做帆吧。然後用那些帆迎滿了風，航向我也只是聽說過的汪洋大海另一邊。」

承載著許多人的希望，經歷不計其數的冒險，從一望無垠的雪白世界抵達到處是熾熱沙山的國度，然後滿載香氣四溢的辛香料、黃金或奇珍異果回來。冒著若平安歸返就能大賺特賺，途中遇難就連命都要賠上的風險。

在每天一大清早打掃旅館門面，心想今天天氣如何而仰望的天空彼端，還有著這樣的世界。

而且現在正風起雲湧地往新時代變遷。

若是從前，早就迫不及待地想跳上船了吧。

「偶爾呼吸一下冒險的空氣或許也不錯。」

藉以養精蓄銳，回來投注在旅館生意上，如果能找到可以請回來幫忙的人就更好了。羅倫斯只是稍微單純那麼想，但赫蘿聽起來似乎不是那麼回事。

羅倫斯是在經過幾天忙碌，即將前往斯威奈爾時才發現的。

在一個陽光刺眼的大晴天，羅倫斯檢查要帶去鎮上的行李，並與各家旅館老闆確認採購清單內容等物，最後將馬繫上馬車準備出發時，有個人跳上了駕座。

明明該在旅館看門的赫蘿，竟已換上一身旅裝。

「……怎麼啦？」

語氣變得有點恭敬，是因為坐在駕座上的赫蘿表情很恐怖。

「沒事。」

她冷冷答話，居高臨下俯視而來。

「咱怕汝這隻大笨驢找不到回家的路。」

「……」

羅倫斯呆呆地望著赫蘿，驚覺一件事。

很久很久以前，赫蘿離開了故鄉約伊茲，一去就是幾百年回不了家。這段期間，故鄉遭到時代變遷吞噬，往日夥伴一個也不剩了。對於活了數百年的赫蘿而言，人離開身邊可能就永遠無法相見，不是能等閒視之的事。

想到這裡，羅倫斯為自己不經大腦就說「再走遠一點」深切反省。

不過，他也在檢視馬軛之餘心想，赫蘿比自己更贊成寇爾，尤其是繆里的遠遊。對自己生的女兒深有自信，認為她一定能大事化小、小事化無。這麼說來，只是從斯威奈爾再往外走一走，赫蘿應該沒必要過分擔心才對。

應該單純只是發現獨守旅館比想像中寂寞太多，忍不住跟來了吧。

「咱呀。」

在羅倫斯推測赫蘿的想法時，當事人突然說道：

「偶爾也想到鎮上吃點大餐嘛。」

既然她都嘟著嘴這麼說了，就當作是這樣吧。

羅倫斯向注意到赫蘿上了駕座的旅館老闆們寒暄幾句後，就儘速確實做好所有準備，將運貨馬車牽出村外。即使陽光已經很接近春天，紐希拉山裡仍積著厚厚一層雪。

「要幫我暖好位子喔。」

赫蘿聽了「哼」地轉到一邊去，模樣令人憶起從前。那當年，貨台上載了一堆赫蘿最愛的蘋果，吃也吃不完呢。

隨後羅倫斯跳上駕座，意氣風發地抓起韁繩出發了。

他們往斯威奈爾的方向前進，途中要過夜時便投宿在沿路的旅社或聚落，大約三天行程即可抵達。雖然有河川流經紐希拉境內，搭船能更快下山，但這個時節還是別搭的好。由於融雪使河水增加，樵夫會趁機用河水運送木材下山，絕不會有趟愉快的旅程。

駕車下山的途中，每每望向林子後的溪流，都看得到木材在河上漂。聽泡溫泉的樵夫說，這幾年木材供不應求，大部分都會用來造船，而其中某些船將會航向不知何時才有盡頭的大海。

羅倫斯一想起自己從前也擔起了遍布世界的商業網一角，就不禁有點自豪。但若問現在是否還會想回到那個世界，倒也不至於。

「怎麼啦？」

身旁，在駕座上孜孜不倦縫補衣物的赫蘿，發現他的視線而抬起頭來。

「啊，沒什麼。只是覺得妳穿得很像樣。」

赫蘿不像以前那樣扮成巡禮修女，而是帶著羊毛編的樸素頭巾，裡頭垂出俗氣的髮辮；肩上披著邊緣有些細小刺繡的披肩，看起來非常和善拘謹；再加上赫蘿外表年輕，坐著不說話就完全像個羞澀柔順的新嫁娘。

既然她這麼乖巧地坐在旁邊作女紅，豈有故意破壞她興致的道理。

更別說這個世界上，已經沒有任何更珍貴的寶物值得他天涯海角地尋覓了。

「汝……嗯，也不錯。」

以好久沒掌過韁繩，馬駕得不太流暢而言，赫蘿給的分數似乎太高了點。或許是因為天氣好，心情也跟著好的關係。

「再說，汝這雄性的器量有多大，要到鎮上以後才會知道唄？」

她瞇起眼，嘴角使壞地勾起。

羅倫斯也早料到會受到回擊。需要在這時期將紐希拉累積了一整個冬天的貨幣拿到山腳下的斯威奈爾，不是沒有原因。

這個鎮每年春季都會舉辦大型慶典，人潮匯集，買賣熱絡，貨幣供給變得很吃緊，而沒有貨幣就做不了生意。將商品拿到有需要的地方，可是賣得高價的基本原則。

同時，在這個因慶典而熱鬧滾滾的鎮上，好嘗各地美食的狼肯定會討東西吃。

「不用怕，想吃什麼就儘管說。」

「喔~想不到汝會說得這麼有氣魄。」

羅倫斯又對驚訝的赫蘿說：

「因為妳不管怎麼樣，都會替我的口袋精打細算嘛。」

見到他商人式的微笑，赫蘿拉下臉縮起下顎瞪視過來。

「汝年紀大了，小聰明也變多了。」

「這都得歸功於賢狼大人的潛移默化。」

赫蘿鼓起臉頰踩了羅倫斯一腳。羅倫斯踩回去，赫蘿就用腦袋搥他的肩。

牽引馬車的馬抱怨「要鬧下車鬧」似的甩起尾巴。

「話說回來，我在那邊要做的事跟山一樣多，不要因為沒時間陪妳就鬧脾氣喔。」

「咱又沒有繆里那麼不懂事。」

若論愛賭氣的部分，兩人是不分上下吧。這讓羅倫斯相信繆里的個性是遺傳自赫蘿。

羅倫斯對她投以那種目光，結果又被踩了一腳。比前一腳更用力。

「哼。再說工作也沒有多少唄？不就是把後面的東西賣一賣，把村裡人要的東西買一買再找個幫手而已嗎？」

「找幫手就已經夠頭痛了啦……而且要做的不只這樣。」

「嗯？」

赫蘿回敬似的投出懷疑眼神。那八成是「汝該不會又聽了什麼小道消息，也想跳下去撈唄？」的意思，要他別太衝動。十多年前的旅途上，不知道因此經歷了多少次大冒險。

「因為籌備慶典會讓鎮上到處都亂糟糟的嘛。為了讓這裡的兌換商公會把後面的貨一次全買下來，我需要在慶典上幫點忙，這是村裡的慣例。所以慶典期間恐怕沒時間陪妳。」

「唔……」

紐希拉的物資全賴斯威奈爾一條管道，早已培養成互利共生的關係。

「那麼，汝要幫忙弄什麼？」

「我沒有問這麼仔細……有很多事要忙吧。聽說從好幾年前開始，這個慶典就辦得很大了。」

「這咱也知道，所以才想和汝一起來看看嘛……」

赫蘿悶著臉回答。她有時就是會說這麼可愛的真心話，真傷腦筋。

「而且，這次我還有一件大事要做。」

沒趣地噘嘴的赫蘿「怎麼還有啊」似的抬起頭。

「我需要打聽想在山另一邊開溫泉街的人有什麼計畫。」

若問今年冬天紐希拉村最令人震撼的流言，當然莫過於此。

消息是旅行商人帶來的，只可惜完全沒有進一步細節。

由於這地區幾乎每條路都與斯威奈爾相連，儘管在山的另一邊，還是得爭搶客人。當然，兩邊的糧食和酒等其他必需品也都得在斯威奈爾購買，價格說不定會上揚。

有必要確認消息的真偽。

「所以，到了鎮上我真的會很忙。」

羅倫斯說完，赫蘿彎下腰拄起臉，嘆一口氣。

「不要跑得太急而跌跤嘍。」

「怎麼，妳不幫我呀？這說不定是關係到旅館生意，甚至整個紐希拉的危機耶？」

擔下在這時期送貨幣到鎮上的任務，獲得正式成為村中一員的認同讓羅倫斯非常高興，一不小心就太過自負。聽見他略帶責備的語氣，赫蘿投來懷疑的眼神。

「那咱是不是應該趁他們挖溫泉的時候用後腳撥撥土，把那些人跟洞一起埋起來呀？」

赫蘿的話使羅倫斯一陣錯愕。她是狼的化身，擁有超乎人知的力量。

見到羅倫斯這模樣，赫蘿再度嘆息，手一伸就捏住他的鬍鬚。

「看樣子、汝到現在、都還忘不了、大商人遊戲的樣、子、嘛？嗯嗯？」

「喔哇！不、不要拉啦、喂！」

赫蘿扯起鬍鬚，臉跟著一左一右轉。

「哼。無論對方是什麼人，咱們只要幹好自己的工作，像平常一樣讓客人開心不就好了嗎？客人開心就會來這邊，嫌無聊就會去那邊，不是嗎？」

獲得自由後，羅倫斯搓著下巴注視赫蘿。

在他眼前的，到底是高齡數百歲的賢狼。

「這麼說是沒錯啦……」

「而且啊。」

赫蘿態度急轉，依上羅倫斯。

「要是旅館生意少了，汝陪我的時間就多了唄？礙事的繆里都跑出去旅行了嘛？」

「……」

頹廢總是帶著甜美的誘惑。

羅倫斯剎那間有那麼一點點動搖，但甩個頭之後又恢復理智。

「不是只有我的問題，那關係到全村的生計啊。」

羅倫斯要說服自己似的這麼說，而赫蘿知道他在硬撐，咯咯咯地笑。

「知道啦，咱也不想眼睜睜看著別人來亂咱們的場子，是有必要看一看。知道向咱們挑戰的是些什麼人，鬥起來也比較有意思。」

有赫蘿撐腰，比任何人都可靠。

羅倫斯仔細調整赫蘿披肩的位置，鄭重地說：「拜託妳了。」

花了約三天時間下到平地，融雪造成的泥濘多了不少，車輪沒事就陷入泥坑而動彈不得。在路過的旅人幫助下，過了中午才好不容易抵達斯威奈爾。

赫蘿在馬車上，看著羅倫斯的鹿皮靴、薄毛線褲和腰間毛織物下襬不快地說。可能是早料到會被泥巴弄髒吧，她腰間毛茸茸的尾巴已經像葡萄一樣用特製布袋包起來了。

「唔……全身都是泥巴。」

不過她至少還能公主似的擔心衣服沾染半點污泥，站在她身旁的羅倫斯可就沒那種福氣了。由於推了好幾次陷入泥坑的車，從頭到腳都是泥巴，甚至每次作個表情就會有乾泥掉下來。

「好想趕快洗個澡……」

「咱也好想快點梳梳尾巴喔。」

羅倫斯不禁自問是不是太寵赫蘿了。

進斯威奈爾時，那悽慘模樣還惹來了鎮門衛兵的同情。

鎮上多少有些積雪，道路濕滑。雖然馬車在鎮上總歸是不會再陷入泥坑，可是人多腿雜，泥水濺個不停，行人膝蓋以下全是一片泥濘。沒人特別在意，是因為在這個季節怎麼小心也免不了吧。

赫蘿一副別想叫我下駕座的臉，抱著包在布袋裡那條毛髮豐盈，她最得意的尾巴。

「好啦……要先去兌換商公會，希望能順利找到。」

羅倫斯已經好幾年沒來過斯威奈爾，這個急遽發展的鎮模樣和以前大不相同。成了這地區的商業重鎮，腹地也逐漸擴張。十多年前初訪時的城牆外不僅圍起了新的城牆，據說現在還在計畫搭建更高大的新城牆。鎮上到處是好屋好宅，大路邊也排滿了各式攤商。

在人群中駕駛馬車相當費神，速度像蝸牛在爬，到了公會門口已是滿身大汗。純粹坐在駕座上觀光的赫蘿一副「汝怎麼弄成那樣」的表情遞來手帕。

羅倫斯擦了擦臉，以最簡要的方式清理衣物泥濘。兌換商是位居經濟核心的工作，無論在哪個城鎮都舉足輕重。眼前這兌換商公會會館，也是五層樓的大樓房。羅倫斯清咳一聲，為了不被氣勢壓倒而高挺胸膛，對著門喊：

「不好意思，打擾了！」

然而沒有反應，敲門也一樣，出於無奈只好直接開門看看，結果被一湧而出的熱風撲了個滿臉。裡頭比街上的喧囂還吵，鎮上的兌換商八成全聚到了這裡來，全都死命巴在硬塞進大廳裡的桌子上，進行某種魔法儀式般瞪著天平不斷動筆記錄。這刺鼻的冷硬氣味，他日前已在集會所聞了好幾天。是大量貨幣的味道。

「不好意思！」

羅倫斯再喊一聲，附近桌邊有著濃濃黑眼圈的年邁兌換商喊了回來：

「這裡不是旅館！到隔壁區去！」

大概是見了羅倫斯的打扮而認為他是來自城外的旅人吧。

「不是，我是從紐希拉來的，貨送到了！」

羅倫斯的話使全場氣氛為之一變。

每個人都露出餓了三天才見到食物的表情。

「紐希拉！你說紐希拉！」

「有貨幣嗎！你帶貨幣來了嗎！」

「在哪裡！馬上交出來！有基尼銅幣嗎！有就給我！」

「這邊要德堡銀幣！喔不，什麼銀幣都好！我這邊快沒錢給人家匯兌啦！」

就在羅倫斯差點被前仆後繼的兌換商浪潮淹沒時，鐵鍋敲擊聲刺進了眾人耳裡。

「坐回去！原本順序怎麼定就怎麼分！」

聲音來自一樓大廳最深處的架高處，一名白鬚長達胸前，油頭肥肚的老兌換商。

「先把客人招待好，想砸了我們公會的招牌嗎！」

他應該就是會長吧。聽老兌換商一喊，面目猙獰的兌換商們紛紛不甘不願地返回原位，取而代之的是腳步飄忽的打雜童僕。他明顯是睡眠不足，手指不知摸過多少貨幣，黑得像抓過木炭。

彷彿稍微搖搖頭，就會有數字從耳朵裡掉出來一樣。

「請、請往這、這邊走……」

不知是太久沒說話還是說了太多而喉嚨沙啞，童僕吞吞吐吐地這麼說並走到屋外。要不是嘴邊呼著白煙，還會以為他是活屍呢。

沿著牆邊走了一小段，他來到一道鐵柵門邊，用上全身體重似的推開。經過這條貫穿樓房一樓的大通道，可從街道直達中庭。

羅倫斯在童僕帶領下將運貨馬車牽進中庭，為久未踏上的鋪石地堅實觸感鬆一口氣。通道右側與剛才鬧哄哄的公會大廳相連，方便卸貨。這地區容易下雪，所以這設計多半是為了迎接貴客或保持貨品清潔吧。

不一會兒，通往大廳的門打開了，先前大聲叱喝的老兌換商帶著隨從走了出來。童僕稱他「會長」，所以他果然是兌換商公會的領袖。

「哎呀，招待不週還請恕罪。大夥都通宵忙了幾天，火氣特別大啊。」

「斯威奈爾繁榮成這樣，也是沒辦法的事。」

從這個頭上有空中迴廊遮蓋而有點陰暗的通道，一眼就能看見路上人潮密密麻麻，一刻也不停歇。

彷彿無論撒下多少貨幣都會被他們立刻吃光一樣。

「這個鎮一年比一年大是很好，不過要忙的事卻是成倍在跳。話說你來得真是時候，實在是得救啦。沒有貨幣能用的兌換商，就像沒酵母的麵包店一樣啊。」

為了彼此和氣，「我當然是故意挑這時候來的」這種話就不必說了。

「貨幣以外的貨物，可以照慣例全部賣給我們嗎？」

「沒問題。不好意思，各位這麼忙還來添亂……」

「哈哈哈，那當然是要你在慶典上出點力補回來嘍！今年還派了一個這麼年輕的過來，真是太好了！」

會長拍了拍羅倫斯的肩膀，那隻手粗壯得似乎能輕易折彎較薄的貨幣。長年來運籌貨幣的指尖，想必是裝滿了老練兌換商的豐富經驗吧。

「那方面的事，就等你泡個澡洗洗塵……不，應該是洗洗泥吧，到那以後再說。不過給天下聞名的溫泉鄉紐希拉來的客人泡澡，恐怕是要見笑了。」

會長說完哈哈大笑，而羅倫斯則恭敬地接受了他的好意。

「馬就請小伙計替你拴在中庭後面吧。房間已經準備好了，來，快請進。」

真是面面俱到啊。儘管盛情難卻，羅倫斯用泥濘的鞋踏進會所之前還是稍有猶豫，先往走廊一探，見到同樣泥呼呼的狗和雞也在裡頭閒晃才放心走進去。牠們大概是進來取暖，或者來找兌換商們掉在地上的殘羹飯渣吧。赫蘿一經過，狗就驚慌地夾著尾巴趴了下來。

兩人被帶到公會二樓一個整潔美觀的房間。擺設也相當高級，令人深感景氣有多麼好。打開木窗往下看，擠得架肩接踵的街道一覽無遺，真不曉得馬車到底是怎麼進來的。

熱鬧、混雜，朝氣蓬勃。

「看來，能住得很開心喔。」

羅倫斯如此低喃，大口吸飽鎮上的空氣。

用大量熱水沖光泥土洗淨全身後，羅倫斯終於復活了。滿是乾泥的上衣，就只能等睡前好好清洗，用暖爐烘乾。姑且拍著拍著，一陣懷念的感覺使他不禁莞爾。

「汝在笑啥呀？」

望著窗外的赫蘿似乎感到他心情上的變化而回頭問。

「沒什麼，只是想起我初出茅廬那時候，經常像這樣趕跳蚤蝨子。」

赫蘿立刻眉頭大皺，將毛茸茸的尾巴藏到背後去。

「離咱遠一點。」

「都說是以前的事了嘛。」

赫蘿的懷疑臉色依然不改，不買帳地轉向一邊去。

然後癱在窗台上，怨恨地向外瞧。

怎麼氣成這樣啊？羅倫斯這麼想時，赫蘿更「唔……」地叫起來。

這下他總算明白赫蘿在氣什麼。

「想抓兔子就得趴到地上，把手伸進兔子洞才抓得到呢。」

她很想去逛那些擠滿人的攤子，可是又怕弄得一身泥吧。

那條美麗的尾巴經過她每天細心梳整、理毛，油光閃亮。

赫蘿慢條斯理地轉身，抬起靈光晃盪的略紅眼睛看來。

「……妳是要我去買飯嗎？我才剛洗完澡耶……」

赫蘿的臉色飛揚起來。儘管明知那是演戲，心裡還是有所動搖，讓羅倫斯覺得自己實在窩囊到家了。於是他甩甩頭重整旗鼓，說道：

「妳啊，自從繆里離家以後也過得太懶了吧。」

每一個溫泉旅館老闆都說過，可愛老婆生了孩子以後就完全變了樣，不過赫蘿卻沒什麼變。多半是想至少在繆里面前扮演一個有威嚴的狼。

而如今，她就連戲妝都掉得一乾二淨。

「咱只是想保持咱們剛認識時的那種情竇初開的清純少女心嘛……」

還抱起尾巴，表情哀怨地掩著嘴說這種話。

羅倫斯會扶額遮眼，是因為那很有效果。

想當初，還會擔心和赫蘿相處久了會對那樣的關係感到厭煩，結果隨著年紀增長，對花招百出的赫蘿卻好像愈來愈沒轍。儘管論可愛還是繆里第一，赫蘿卻贏在另一套本事上。對於按哪裡能讓羅倫斯無力招架，她全身上下都掌握得清清楚楚。

羅倫斯嘆口氣，來到赫蘿身旁一起眺望窗外。

「那麼，妳想吃哪間的呀？」

赫蘿帶著滿面笑容挽起羅倫斯的手，沙沙沙地搖著尾巴探出窗口說：

「嗯，有看到那個賣炸八目鰻、燉兔肉跟肉派下了很多豬油的攤子嗎，然後那邊——」

見到赫蘿興高采烈的側臉，總讓人覺得再辛苦都無所謂。

當羅倫斯想偷吻那張側臉時，卻冷不防捱了一巴掌。

「有沒有在聽啊！」

「……」

比起女人味，食物的香味重要多了。

羅倫斯就這麼像條訓練有素的狗，望向赫蘿所指的攤販乖乖聽她點菜。

即使在斯威奈爾有一大堆非做不可的事，羅倫斯仍決定先幫赫蘿跑腿。畢竟無論做什麼，讓赫蘿開心絕對不吃虧。

出了房間下樓，用腳把不讓路的雞趕到走廊角落，手抓上通往中庭聯絡走廊的門。這時——

「喔?要出門啊?」

白鬍子的會長出現在面向通道的作業區。拿手帕擦手，可能是正在休息吧。

「對呀，我們還沒吃午餐，想出去買。」

寄人籬下，自己打理三餐才是作客之道。

「喔!那正好，我們一起吃吧?東西讓小伙計去買就行了。」

而接受主人的邀請也是禮貌。不過要人家買赫蘿想吃的東西未免太厚臉皮，就沒說了。會長看起來年紀頗大，口味或許和赫蘿很不一樣，只好請她忍一忍。結果，這完全是多慮。

「來來來，別客氣儘管吃!地方有點亂，請多包涵!」

羅倫斯與赫蘿在會長帶領下來到一樓後頭的房間。平常大概是公會的餐廳或會議室，現在有堆積如山的貨物，從紐希拉載來的東西也在裡面。這整個房間的貨物，就只占了斯威奈爾在這季節的買賣一小部分而已，村落和城鎮的規模差距就是這麼巨大。

而桌上種種油滋滋的山珍海味，更是堆得比貨品還要壯觀。

「在這時候出遠門一定很累人吧?而且接下來慶典的準備工作還需要你大力幫忙呢!趁現在多補充點養分吧!」

會長的嗓門實在有夠大，或許是整天得在那種工作場所吆喝練出來的，不過他本來就是個精力充沛的人吧。像現在，還把赫蘿看得眼睛閃閃發亮的岩鹽烤鹿肉插上刀子整塊舉起來啃呢。要是在旅舍看人這樣吃，應該會以為是土匪頭。

「配點啤酒怎麼樣？也有葡萄酒喔。」

由於寒冷地區種不出葡萄，葡萄酒都是高價的進口貨。懂酒價的前商人羅倫斯原想提醒一下赫蘿，所幸她選的也是便宜的啤酒。當然那八成不是因為價格，純粹是因為這整桌的油膩食物和啤酒比較對味，不過食物部分她肯定是不會客氣。

「嗯哈哈哈！夫人吃相可真豪氣！」

赫蘿在灌得快爆開的水煮香腸淋上滿滿的黃芥末醬大咬一口。在這種地方秀氣吃飯會討人喜歡的，也只有貴族婦女罷了。市井小民的評分標準不多，就只有會不會大口吃、大口喝、賣力工作三項而已。

「哎呀，話說能這樣和羅倫斯先生吃飯，實在是兌換商的榮幸啊。」

「哪裡，您過獎了。」

羅倫斯惶恐地回話，忽然覺得奇怪。

原本還想作個自我介紹，怎麼名字先被他報出來啦？

「抱歉，我們在哪裡見過嗎？」

像這樣一身肥肉的白鬍子兌換商，應該見過一眼就忘不掉才對啊。只見會長啃下一塊骨邊肉，配口啤酒笑道：

「你真愛開玩笑！羅倫斯先生可不只是我們兌換商的英雄，甚至堪稱商界的守護聖人啊！夫人和那時候一點都沒變！一眼就認出來了！」

正往炸八目鰻抹奶油的赫蘿聽到有人提到她而抬頭。

「十多年前……有十五年了吧？夫人在旅館窗口喚醒鎮民的英勇神情，我到現在都記得很清楚；而這個慷慨言詞粉碎卑鄙商人邪惡計畫的故事，也依然為人們所稱頌啊。不過有一小部分，在兌換商聽來有點慚愧就是了。」

赫蘿不感興趣地繼續啃炸八目鰻，油滴得她連聲喊燙，抓起啤酒就喝。

而羅倫斯聽會長這麼說，心中仍不免充滿驕傲。

因為那是他與赫蘿協力突破的最後一場大冒險。

「畢竟再怎麼說，要是當時沒有兩位仗義相助，如今德堡商行應該早已黯淡無光，為北方之地帶來商業之光的德堡銀幣也就不會誕生，而這個鎮也不會成長得這麼大了吧。」

當時，羅倫斯等人處在一個錯綜複雜的巨大計畫之中。那是一個欲以貨幣統整這個因交通甚為不便而權力分散的地區，彷彿癡人說夢的偉業。而作起這個夢的，正是德堡商行。

然而上天總是不從人願，有計畫就會有人阻礙，差點就在最後一步全部泡湯。而這時拯救了它們的就是羅倫斯，而羅倫斯背後是赫蘿在扶持。因此，現在此地信用最高，有太陽浮雕的德堡銀幣，說是因為他們才得以存在並不為過。

不過，隨著在紐希拉蓋起溫泉旅館、女兒繆里誕生與日常生活的分神，他們早已淡忘此事。若在當時，他們一定會引以為傲，覺得走路都有風；但如今只會付諸一笑，當作往日插曲和著啤酒一口乾了吧。

「那時候能成功，純粹是因為有神的眷顧，以及各路人士通力合作才辦得到的事。」

說起來，羅倫斯和赫蘿不過只是配角。畢竟當時的他們一個是遭時代遺棄而甚至忘了故鄉怎麼走的孤狼，一個只是小小的旅行商人罷了。

「而且德堡銀幣能流通得這麼廣，是由於德堡商行對貨幣管理有方吧。」

「唔呵呵，懂得謙虛的人才是最可怕的喔。說到可怕，德堡商行的確也很可怕。身為被管理的一方，經常覺得喘不過氣呢。」

商人的荷包總是裝滿種類繁多的貨幣。想成為其中最多人用的一種，有如國與國的勢力角逐，是強者得勝。講難聽點，德堡商行是為了掌握北方商業才發行德堡銀幣。為此，他們必須對維持匯率或其他銀幣的銷鎔進行徹底的嚴格管理才行。

「現在的德堡商行已經不單是個商行，更像是以市場為領土的商人國家呢。錢財是比劍更強大的武器，而金庫就等於是武器庫了。」

暗潮洶湧的金權世界。

以前或許會想扔顆石子激點漣漪看看，現在卻會笑自己當時血氣方剛。

「憑我一個名不見經傳的旅行商人，可以和那麼強大的德堡商行沾上關係，我至今也覺得很光榮。不過說起來也只是時事所趨而已。」

「哪裡的話。能在對的時機來到對的地方，也是商人實力的表現啊。抱歉抱歉，你現在是溫泉旅館的老闆了嘛。」

會長笑呵呵地往羅倫斯的啤酒杯添酒。

「看來現在這個對的地方，就是紐希拉了。」

會長與紐希拉有長年交情，應該知道在這時候送村裡的貨幣和貨品來，背後有些什麼含意吧。

會長帶著慈祥爺爺的笑容頻頻點頭。

「如果，能永遠待在這個對的地方倒也不錯。」

羅倫斯回想著過去談生意的節奏，抓準時機問道：

「可是我聽說，好像有些人會威脅到我們的生計啊。」

會長先是一陣錯愕，然後堆起滿面的笑容。眼睛裡，似乎含有還能誇口「想要我退休，再等五十年吧！」的烈焰。

「最近，我們也經常在談這件事。」

會長靠上椅背，撚著鬍鬚大嘆一聲。在這段沉默中，只聽得見赫蘿喀喀地啃著羊骨上的肉。

「畢竟有兩個溫泉鄉，生意就會變兩倍嘛。」

那表情變得有點奸邪，應該純粹是多心吧。

那只是坦率地直往利益走的商人臉孔。

羅倫斯有種遇見老朋友的懷念感覺。

「不是想在一個針孔穿兩條線嗎？」

光現狀似乎就讓公會忙得挪不出手了。會長「嗯」地點點頭，往油炸的整顆大蒜下起刀說：

「的確，那在紐希拉的人聽來，八成不是笑得出來的事。」

會長切下一顆，用刀問「要不要來一點」，而羅倫斯婉謝了。

但赫蘿卻收下了它，夾進鹿肉吃下去，引來羅倫斯「每次吃大蒜都嫌我臭」的不平視線。

「他們是什麼人？挖溫泉應該需要一定的準備，而且聽說位置選在山的另一邊……紐希拉西邊那座山後面的地方。往那邊走的話，我記得走再遠也看不到什麼聚落啊。」

「是啊。不過，斯威奈爾有一條通往那裡的古道。」

會長往蒜仁撒撒鹽就丟進嘴裡。在這麼氣派的公會大樓裡作一行領袖卻毫不裝模作樣，在羅倫斯眼裡感覺十分爽快。

「已經是幾十年前的事了……在教會的雨露就連一滴也還沒沾上這地方的時候，來了一群滿腔熱血的修士。他們就像到處都是敵人所以更有鬥志一樣，用無比的熱情闖出一條路，在深山裡蓋了一座石砌的修道院。那可是北方異教和南方教會殺紅了眼的時代啊。不過他們的勇氣似乎感動了很多人，沒有遭到任何妨礙。包含我在內，會在這裡的教會改宗的大多數人，都是因為感受過他們的熱情才願意那麼做的吧。」

或許真是那樣。真正的信念就是那麼回事。

「可是，每年的巡禮也因為戰爭而變得有名無實，變得像觀光一樣；修士們也年老力衰，不曉得上哪裡去了。熱情淡了以後，要繼續住在這片土地實在不容易啊。」

「所以是要在修道院遺址開闢溫泉街？」

「好像是。雖然那條路年久失修，需要重新整過，不過總比新開一條路要輕鬆多了。而且我聽說修道院還在，他們也拿到那一帶的許可證了。」

這番話使羅倫斯倒抽一口氣。

「難道是殖民嗎？」

當一個城鎮或村落聚集太多人口，對商家容易造成僧多粥少的情況。為消弭這種不滿，貴族不時會找一批人移居到偏遠的零碎領地。假如是貴族主導的殖民行為，事情就更麻煩了。

「不……規模應該沒那麼大。聽說不到十個人。」

「背景呢？」

「以前在南方好像偶爾會作些傭兵工作。那邊本來就是鳥不生蛋的地方，可能是跟地主談得高興就拿到許可證了吧。再說你也懂的，戰爭結束以後傭兵就丟了工作，領主也不會希望自己的領土上有失業的傭兵到處閒晃……所以不如發一塊地給他們自力更生。而傭兵也可能覺得流浪的生活太辛苦，藉這個機會金盆洗手吧。」

「照這麼說來……就算挖不出溫泉，也能退一步靠打獵過活嗎。」

若真是這樣就太好了。就連在溫泉鄉紐希拉，想挖出新溫泉都很難。羅倫斯能在好地點都被挖光的情況下開門立業，靠的全是赫蘿的狼之力。

「我們原本也是這麼想，可是……」

會長放下餐刀，一口飲盡啤酒。

「……他們，有一顆懂算計的腦袋。」

懂算計的腦袋？

會長不懂這麼說，表情還有些苦悶。

「他們已經在作進一步的準備了。」

「進一步？」

「就是以挖到溫泉為前提，已經動身採購開闢溫泉街需要的物資。所以他們的手，也伸進了木材行、肉店、麵包店、啤酒釀造和葡萄酒的公會裡頭。」

羅倫斯聽得目瞪口呆，會長的表情也愈發凝重。

「這些公會，都在跟我們爭市議會的席次。我們查到，他們之間已經做了祕密協定。」

那是指他們塞了點錢進公會的口袋，好讓公會優先替他們打通物資關節；而收了賄賂的公會，就用那些錢買議會的位子吧。

先不論是非對錯，真是作夢也沒想到他們這麼有計畫。

對方可不是一時興起就跑上來賭賭看能否挖到溫泉的南方鄉巴佬。而是懂得算計，有備而來的狠角色。

「沒來敲我們的門，是因為不需要我們在貨幣上幫忙吧。」

反倒是兌換商還得指望溫泉街賺的貨幣紓困呢。

在羅倫斯苦惱時，會長粗得彷彿能一拳打暈牛的手臂「砰！」地一聲拍上桌，靠過來說：

「所以了，羅倫斯先生……不，整個紐希拉和我們是同一條船。要是我們在市議會的地位被他們追過去，面子就丟大了。同時，只要我們能繼續站在他們之上，就能將有限的物資優先調給紐希拉，我們應該合作才對。」

羅倫斯已經好多年沒談過如此露骨的利害關係了。

他慢動作舉起酒杯，徐徐喝下啤酒，踢醒睡到現在的腦袋點起火。因為會長的言下之意，恐怕是紐希拉若想繼續獲取物資，就把錢交出來。

「的確，您說得沒錯。」

這麼一來，不要跟兌換商聯手，直接找木材行或肉店公會和那群新來的打對台豈不是更有效？又說不定，這一切只是會長拿「有新人出現」的風聲當藉口演的戲。

無論如何，這都牽扯到一筆鉅款。

要是答錯了，恐怕會遺害紐希拉的夥伴數十年。

「我得先和村裡談談才行。」

「嗯？那也是應該的，不過羅倫斯先生，我是在請求你個人的幫助喔？」

泛紅的臉頰不知是因為興奮還是酒意。

見到羅倫斯為難的樣子，會長忽然露出驚覺什麼般的表情。

「羅倫斯先生，難道你……」

羅倫斯見到會長誤會了，跟著焦急起來。要是他以為紐希拉已經背叛兌換商，自己也和木材行或肉店公會打過招呼，事情就嚴重了。

「沒有，這些事我也是在這裡才聽說。這一點請您務必相信我。」

「喔喔，這樣啊。哎呀，我想也是……我也曉得突然提這種事很容易嚇到人，可是我們真的是輸不得啊。」

小城鎮中的地位之爭。尤其在發展途中的城鎮裡，議會座椅更是好比純金寶座。要是當了政略的棋子受人擺布，可是會惹得一身腥。

羅倫斯繃緊神經，但就在調節完呼吸的那一刻——

「還是說有其他原因？羅倫斯先生，你該不會是立了不殺之誓什麼的吧？」

倘若屢屢聽不懂對方的話，很容易被對方輕視而牽著鼻子走。

可是，這實在太唐突了。

「咦？不……殺？」

難不成他有意直接除掉眼中釘？雖然這種事在商界時有耳聞，但羅倫斯背上仍頓時冷汗涔涔。

暗殺。

不久之前，這裡仍處在延續了幾十年的戰爭影響下。殺與被殺，或許真是司空見慣的事。

羅倫斯緊張得嚥起口水，而會長則看著桌面繼續說下去。

「我不敢否認，信仰是必須尊重的事。不過人生在世，本來就避不了某些形式的殺生。關於這部分，能請你閉一隻眼嗎？」

會長的目光銳利地射來。

「你看來是個注重健康的人，沒有被肥肚礙過手腳的經驗吧？」

他或許是認為，讓鎮裡的人來做容易敗露，但若換成山裡的人就能隱身於山林之中了。挖溫泉與挖礦相近，是意外隨時相伴的事。真的和赫蘿開的玩笑一樣，趁他們挖掘時全用土蓋起來就沒事了。而且紐希拉溫泉旅館的大家長也說過，若是以前早就人手一棒翻山打過去了……
自己是被帶有濃濃硫磺味的泉煙所蒙蔽，沒看清外面的世界。
沒錯。世界本來就是這麼殘酷無情的地方。
令人想起能在這種環境下抱持良心，是一種可怕的奢侈。
「可是我——」
「我明白你的心情。這和我們公會跟紐希拉村歷年的協議，是有那麼一點點不同。」
才不只是一點點。
羅倫斯好想這麼喊。
「然而如你所知，我們兌換商公會都是些坐辦公桌的人；公會兌換商以外的人，也都是些首飾工匠或柱子牆壁的雕刻師。而且年紀都大了……不適合追趕東奔西跑的獵物。」
今年還派了一個這麼年輕的過來。這句會長見到羅倫斯時的歡喜之詞，如今黑壓壓地重現腦海。獵物——這個用詞，暗示著這是常有的事。
「不過你大可放心，我們料理習慣了。只需要你逮到獵物，交給我們而已。」
捕捉、殺害、撕成碎片悄悄掩埋。這樣的流程，早已行之有年。
會長飲下一大口啤酒，又說：
「我知道你的工作比別人都辛苦，可是……要贏過他們就只能這麼做了。再說，我聽說你原本是四海為家的旅行商人，對於這種事應該有過一、兩次經驗吧？」

羅倫斯的確是聽說過有人會幹那種事，例如專門跟著戰爭跑。據說他們會跟著士兵殺進城裡，要是發現有人想守住一點財產而吞下金幣珠寶，還會把他們的肚子剖開。

有的則是會藉口路程艱險而邀人結伴同行，結果他們其實是強盜的手下。在行商時期，這種事不知聽過或見過多少次。

可是羅倫斯認為自己不是那種人。儘管無法在神面前抬頭挺胸地說自己一向光明磊落，但始終堅守著商業守護聖人可以原諒的道德底線。而且自己現在為人父母，倘若雙手沾滿了鮮血，哪有臉在愛女回家時擁抱她呢。殺人，是自己辦不到的事，也是不該做的事。

紐希拉那些溫泉旅館老闆，都知道自己長期合作的兌換商手上滿布血腥嗎？

察覺另一種可能，使羅倫斯背脊一寒。會不會經過十多年才獲認同為村中一員，是由於這個原因？一旦根深到難以隨意離開土地，要逼人幫他們保守骯髒祕密就簡單多了。

這麼一來，拒絕會有何後果可想而知。

羅倫斯頓覺眼前一片黑暗。

天底下居然有這種事。

「羅倫斯先生？」

直到會長喚了名字，羅倫斯才回過神來。

但也只是回神，不知道該說些什麼。
只好苦著臉往身旁的赫蘿看。
「汝啊。」
然而在羅倫斯的注視下，赫蘿竟殘酷地說：
「有理由拒絕人家嗎？」
忽然一陣天旋地轉。但若以村子為出發點著想，這話的確沒錯。想繼續待在村子裡就該那麼做。這個將成為自己故鄉的村子，是其他地方找不到的。假如放上天平評估，另一邊或許要擺上惡魔才能平衡。
「再說，不是有咱陪著你嗎？」
一見到那副微笑，羅倫斯就橫下了心。有赫蘿在身邊，自己哪裡都去得了。
接著，他嚥下唾液溼潤乾渴的喉嚨，將手放上了地獄之門。
只要有赫蘿在，我就撐得下去。
「汝啊，怎麼流這麼多汗？」
「沒事，我很好。」
就在他擦去額上汗水的那一刻——
「是因為掙扎的時候肚子被頭鎚頂到怕了嗎？汝真的是被頂得人仰馬翻呢……」

「……咦？」

掙扎？頭鎚？

隨後，一旁出現「噗噗」的洩氣聲。轉頭一看，桌對面的會長忍不住噴笑，趕緊伸手掩嘴。

「那一下要是撞歪了點，某方面搞不好就要爛掉嘍。」

「噢，神啊！」

會長感同身受似的呢喃，在椅子上扭了幾下。

「不過獵物也會被追得頭昏眼花，應該不用太擔心吧。」

「真的嗎？咱聽說抓起來很激烈呢。」

「邀人的人，當然是不能說得太嚇人啦，不過這種事本來就是弄得愈盛大愈好嘛。不過……應該還是需要做好受一、兩個傷的心理準備啦……」

他們兩個到底在講什麼？

羅倫斯聽得一頭霧水，而赫蘿掰下一塊麵包嚼著說：

「還有那個名稱。咱家這隻，搞不好是聽到那個名稱才嚇得發抖的呢。」

「啊啊，原來如此！」

會長捻捻大把白鬚，終於明白了什麼似的直點頭。

「別怕啊，羅倫斯先生。那只是名稱嚇人，可能也有點危險，但實際上沒那麼可怕啦。」

會長對混亂得無暇插話問清楚的羅倫斯笑呵呵地說：

「慶典的名稱雖然叫做亡靈祭，不過氣氛並沒有那麼陰森。相反地，還有很多人說這個慶典的盛況，或者說能看得到的畫面沒有別的慶典比得上呢。到時候你就懂了。」

「真是太期待了。聽說獵物宰了以後，也能分到一些肉呢。」

「沒錯，應該說那本來就是參加的目的。亡靈祭的目的，就是讓大家開開心心地替接在那之後的守護聖人復活節作準備。在這時期，總是有太多人來到鎮上，光靠肉店的人手實在不夠準備做儀式蠟燭用的獸脂和要吃的肉。所以為了解決這個問題，我們就開始了這個慶典。籌備慶典是一項很重要的工作，要是有哪個人獨占就會獲得太強的政治力，事情會變得很棘手。」

「剛聽說的時候，咱就覺得它設計得很棒呢。而且慶典的規則也非常簡單明瞭，玩起來很痛快。」

「喔喔，妳知道啦？沒錯，以前這地方的人總是有一餐沒一餐。自然而然地，將工作賣力的人視為大人物便成了不成文規定。在其他歷史悠久的城鎮，大人物的世界多半是充滿權謀術數的骯髒世界吧，可是這個鎮不一樣。市議會的席次，是用慶典中抓到獵物的多寡來決定的！」

會長大力握拳，說得開心極了。

羅倫斯不太清楚這個鎮有怎樣的慶典，也只聽說所謂工作是來慶典幫忙。現在回頭想想，赫蘿好像在半路上就問過要做什麼工作了。愛湊熱鬧的赫蘿，應該跟長住客追根究柢地打聽過，知道了很多詳細內容吧。

「過去我們公會上場揮舞棍棒的，都是不肖小弟我，可是歲月不饒人啊……慶典規定，只有跟這裡有關的人才能參加，有能的年輕人早就被網羅光光。如果再找不到人，我們就會輸給和手拿許可證，如彗星般現身的傭兵團合作的其他公會了。羅倫斯先生，我知道這和往年做的事不一樣，能請你當作破一次例，接下這項重責大任嗎！」

羅倫斯帶著精疲力竭的眼神反問：

「所以我具體上要做些什麼？」

會長回答：

「負責把羊或豬抓起來，我們會幫你料理。雖然那是最危險的工作，但還是拜託你了！」

說完就手撐著桌大力低頭。既然和木材行、肉店等公會聯手的是南方來的傭兵，其身手肯定不差。

羅倫斯飄渺望著天花板的木眼，點了點頭。

「我答應。」

「喔喔！太好了！」

會長頭一抬就握起羅倫斯的手上下猛晃。羅倫斯也跟著他晃，不過腦袋裡想的是另一方面的事。

一定要設法掩飾剛才天大的誤會才行。

可是眼尖又愛捉弄人的赫蘿，絕不會漏看羅倫斯的怪模怪樣，早餐吃完回到房間就馬上追問。羅倫斯避無可避，只好像頭慢吞吞的家豬走到手拿屠刀的主人面前，全部從實招來。

無論任何詩人，都無法完整描述赫蘿笑到滿地打滾的樣子是多麼誇張吧。

第二天一早，羅倫斯就扛著木槌上街去了。那不是組裝木工零件用的木槌，含柄約與赫蘿身高相當。亡靈祭時鎮廣場會架起圓形圍欄，那是給圍欄打樁用的。

儘管性質單純，做起來卻十分累人，各公會都有分配到這項工作。因此來廣場走一圈，哪個公會賣力工作全都一目了然。其中兌換商公會的進度，就算說客套話也很難看。每天坐著忙算帳又加上年紀大，腰都使不上力，所以每年都交給紐希拉的人來做。

羅倫斯向公會借了一個童僕就開始作業。木樁有大腿那麼粗，沒人扶實在敲不下去。原本這麼簡單的工作找赫蘿來就行了，可是她堅決拒絕。因為站在濕地裡扶木樁，再怎麼小心都會弄得滿腳泥吧。

到頭來，羅倫斯揮了一整天的木槌，而赫蘿卻只是在公會房裡優雅地理毛。

「……看來我有必要和妳好好解釋『協助』是什麼意思。」

「咱這個弱女子，有其他適合咱的工作。」

還優雅地吹吹尾尖白毛說這種話。

羅倫斯連罵人的力氣也拿不出來，用公會準備的熱水趕快洗完澡。

無奈地坐在床上擦頭髮時，赫蘿抽走毛巾替他擦。

「別以為我這樣就算了喔。」

赫蘿聽了羅倫斯的警告也不甘示弱，往他的臉猛擦。

「別說那個了，找到想搶咱們地盤的那些人了嗎？」

頭髮擦不多乾了以後，赫蘿拿毛巾拍著羅倫斯的頭問。

「沒有。我也想找人來問，結果他們好像早就做完自己的份，都不見了。現在大概不在鎮上，跑去挖溫泉了吧。」

他們作業速度之快，就連其他職業公會都很吃驚，羅倫斯自己也在摸過他們打的木樁後不寒而慄。又深又直，即使推也不動一下。讓他不禁懷疑自己在這個搶豬羊的競賽上到底有沒有機會贏過他們。

「別怕，船到橋頭自然直啦。」

即使說了白天的擔憂，赫蘿也不當一回事，只是臉貼著他的背，手摟住他的腰，尾巴啪噠啪噠甩。也許是少了漢娜陪她聊天，整天獨自待在房裡太悶，才會這麼明顯地撒嬌吧。

在平常，這是件讓人高興的事，但現在有太多事煩心。

「我現在哪有心情陪妳玩啊。」

要是在亡靈祭拿不出表現，兌換商公會在議會就要減席，失去調配鎮上物流的權力。一旦失去地位，便無法繼續特別關照紐希拉。如此一來，紐希拉的物資來源就會頓時陷入危機……應該還不至於，但是對村裡絕對不是好事。

假如真的失敗了，要拿什麼臉回去見村中父老呢。

「不管汝再怎麼煩惱，手臂也不會變粗呀。而且在那種狀況下，人家說什麼汝也拒絕不了唄……哪怕是暗殺也一樣。」

赫蘿自個說完自個笑了起來。那個丟人的誤會，恐怕會被赫蘿糗上一陣子。

「這……是這樣沒錯啦……」

「那知道現在該做什麼了嗎？」

赫蘿鬆開摟脖子的手，繞到羅倫斯面前。

「吃飯嗎？」

「還要酒喔。」

仗可不能餓著肚子打。

再拖拖拉拉，攤子恐怕就要收光了。於是羅倫斯儘管才剛回來也擠出力氣站起身，見到赫蘿也拿起外套。

原以為一定是一個人幫她跑腿，但看來赫蘿也想跟。

「……妳擺布人的功力還是一樣高深啊。」

仔細想想，這也是當然的事。能讓人認為有她陪是種獎賞，實在太厲害了。

赫蘿戴上在村裡有點奢侈而不會拿出來的狐皮圍巾，刻意地對羅倫斯笑。

「汝在說什麼呀？」並像可愛少女似的歪起頭。

反覆過了幾天這樣的生活後，慶典的準備工作眼看就要完成了。

頭一天奮力揮舞木槌的羅倫斯，第二天就被全身肌肉痠痛折磨得身心交瘁，但他仍然盡可能地協助每一項工作。不僅是製作亡靈祭上要放給豬羊跑的圓形柵欄，也為了紮鎮上守護聖人復活節所需的巨大麥草人像四處奔走，而且是字面那樣的奔走，得拉著拖車在分為好幾個區的斯威奈爾鎮裡到處找人捐麥草。

每個鎮都有類似的慶典，是因為人們能藉這個機會清理經過一整個冬天睡塌的麥草束，或是填充椅墊等物的麥草，而羅倫斯也得幫他們把東西拖出家門。此外，也會收取買來當飼料卻被老鼠築巢而不堪使用的麥草束，或跟大商行拿堆積如山，貨箱裡用來防撞的麥草。

在居民間遊走到處收集了一拖車後，要送到廣場捆束。

捆麥草的也是快不行的麻繩或皮繩一類，應是在丟棄之前作最後一次利用吧。羅倫斯與素未謀面的鎮民協力捆好麥草抱起來後穿上繩子，交給其他人綁上以木桿搭起的聖人像骨幹。中午時，有個商行很慷慨地送午餐到廣場，慰勞大家的辛勞。每個人都用沾滿泥巴和草屑的手抓了就吃，把酒言歡，熱情點的還會唱歌呢。

羅倫斯在行商時代也做過一樣的事，有回憶相乘感覺倍加有趣。回到在兌換商公會下榻的房間時，他已經累得精神不濟，和赫蘿吃飯也昏昏欲睡。

不過累得很舒服，赫蘿也格外用心地照顧他。

「平常可以有現在的一半嗎？」

羅倫斯姑且問問看，結果換來一張大臭臉。

「咱可是賢狼赫蘿，當然是時候到了才會動手呀。」

這多半是要他平常就要多進貢的意思吧，而今天這一下，恐怕是把之前累積的額度都用完了。

接下來，還有另一座真的非跨越不可的山呢。

當全身肌肉痠痛好得差不多的那兩天，廣場正中央高得必須抬頭瞻仰的聖人像完成了。

斯威奈爾是個非常現實的城鎮。教會欲將教誨植入異教徒土地而掀起的戰爭一結束，大家一夕之間就全變成了神的子民。多半是因為感情上本來就偏向教會，但儘管戰爭徒餘形式也終究是戰爭狀態，需要顧及他人眼光的緣故吧。

不過聽幾個在工作上認識的鎮民說，改宗信教的人大多並不是因為受到教誨感召，純粹只是用教會曆過日子會有很多節慶而已。說穿了，就是既然要信根本就不曉得存不存在的神，不如信比較好玩的那個。

過去讓村裡麥子豐收而備受崇敬的赫蘿聽了這件事，露出難以言喻的深沉苦笑。

然而，人們對慶典投注的心力可是一點也不馬虎。這一點，從終於開始的春季慶典開端——亡靈祭當天的異常熱度就能充分體會。

「儘管丟給我們來宰！就算用邊緣磨尖的銅幣，我們也宰給你看！」

兌換商的會長手拿為這天精心拋磨的大屠刀高聲呼喊。

他的幫手也都是年紀比羅倫斯大上一、兩輪的兌換商，比他們年輕的都因為連夜通宵換錢而累得睡死在桌上了。而老兌換商們的亢奮，大多是來自睡眠不足吧。

不過，看來還是經歷過戰爭時代的老人們比較強韌呢。當羅倫斯如此感慨時，會長歪唇笑道：

「我們這些老人都來日不多了，以後還不曉得能再上場幾次，當然是能拚就拚啊！」

常言道，「活著的時候要像明天將死那樣活」。赫蘿會像看著光芒一樣注視他們，是因為長

壽讓她知道所有生命都是稍縱即逝。眾人在會長帶頭下，如一群老山賊般扛著屠刀離開會館時，

羅倫斯對赫蘿說：

「在妳看來，我也是來日不多吧？」

赫蘿睜大了眼，表情僵硬。

「所以我等等也會拚命去抓，妳也要笑得開心點喔。」

將今天視為發生了這種事、那種事、好多好多事，值得聊上一輩子的特別之日，而不是與昨日沒有分別的日常生活。

這麼說來，赫蘿在紐希拉會突然跟過來做這項工作，也可能有這方面的理由。就連看似永遠不會改變的山村中，寇爾下山遠行，女兒繆里也隨他而去。赫蘿從中感受到的「未來」，或許比羅倫斯更加遙遠。

那麼，認真以為兌換商委託暗殺的蠢事，對赫蘿而言也是一件不錯的紀念品吧。

今天的慶典也是。

「大笨驢。」

赫蘿紅著眼眶笑出來，兩手捧著羅倫斯的臉頰說：

「汝不是有咱跟著嗎，不成為慶典上最閃亮的明星怎麼行。」

「那當然，我還背負著全村的命運呢。」

在這場慶典逮到的獵物愈多，該公會鎮上的地位就愈高。

到頭來，直到今天還是沒看見對方的傭兵是如何勇猛。

要贏恐怕很難，至少不能被對方甩開。

羅倫斯也注視起赫蘿的眼，結果被她捏了一下臉頰。

「要記得有咱跟著汝。」

「妳是我一生的依靠嘛。」

羅倫斯隔著兜帽摸摸她的頭，說聲：「走嘍。」赫蘿似乎還有點話想說，但還是默默跟上。

畢竟鎮上擠到前幾天都不能比的地步，沒有站著說話的閒工夫。

為了不讓嬌小的赫蘿被人群擠扁，羅倫斯幾乎是抱著她前進。

終於抵達廣場時已經開始喘氣，不過人也被擠到暖好身了。

「好，加油！」

先到一步的兌換商互擦屠刀打氣，可能是他們慣例的儀式。

費盡力氣打樁圍成的柵欄邊擠滿了形形色色的人，搞不懂柵欄究竟是為了圍住家畜，還是不讓鎮民攻擊家畜。

柵欄內側以一定間隔擺了幾張草蓆，有許多人圍在蓆邊。那都是各公會的代表，每個都千方百計找來年輕人，乍看之下分不出誰是傭兵。

「比賽是用肉的重量來分勝負。抓兩頭好抓的，會比抓一頭大的更有效率。」

會長拿支棍棒給羅倫斯，並說明訣竅：

「搶對手的獵物也是一招！一棒子猛敲下去，獵物不就會倒下來嗎？經驗不足的人會稍等一下看看反應，這時候就有破綻了。只要把兇一點的豬羊從背後趕過去把對方撞開，就有現成的可以撿啦！」

「不可以用自己的手推喔，以後一定會吵起來！」

「壞事只能讓獵物來幹。所以就算獵物不小心飛上天撞到人，也不算犯規。」

也就是拿獵物當武器揍人沒關係的意思吧，小鎮經常有這種規則令人傻眼的慶典。上了年紀也依然血氣高昂的兌換商們，各個都說得興高采烈。為了得勝和保護自己，羅倫斯將他們的話刻在心裡，大吸一口氣。

天空晴得好藍，大鬧起來一定會搞得汗流浹背。「溫泉旅館老闆怎麼會弄成這樣」的想法在緊張的催化下，變成笑意湧了出來。

「喔，米里議長來了。」

不久，一輛花車駛進廣場。站在上頭的男子身披象徵官高權重，儀式所用的緋紅外套。他是這個鎮的統治者，羅倫斯也認識的強．米里。現在人聲鼎沸，離這麼遠恐怕是聽不見他致些什麼詞了，不過就算站到他旁邊也說不定進不了羅倫斯的耳。這裡就是這麼吵。

見到裝滿獵物，應該再過不久就要開閘的貨車，讓羅倫斯緊張得想吐。他本來就不是慣於動拳腳的人。

於是他略過拿起屠刀就活像強盜的兌換商們，轉身往柵欄後望去。

赫蘿正對他的臉苦笑。

「開始了！」

有人大喊。

霎時間，好幾輛貨車同時往廣場裡傾倒，數不清的豬羊被粗暴地趕下來。

突然進入寬敞空間的獵物們先是愣了愣，在看到怒海般蠢動的人群之後拔腿狂奔。為追趕死命逃竄的羊，年輕男子也全力奔跑，結果被從旁衝來的豬撞飛，掀起一陣歡騰。

廣場的豬羊愈來愈多，有些慌到完全傻了動也不動。可憐的迷途羔羊就這麼被人輕易打暈，拖回陣地。

羅倫斯也鼓起勇氣，往那團混亂裡衝。

那些豬羊都經過挑選，體型跟年齡都不大，所以要拖要扛都不是問題，不過精力倒是很旺盛。

原本以為需要敲暈了以後拖走，但一開場他就發現根本沒那種時間。

見到停止動作的傻子就要不管三七二十一立刻撲上去，從背後扣住前肢和脖子抬起來。咩！咩！噗嘰！噗嘰！到處都是這種聲音。

獵物送到陣地後，兌換商們就會立刻接手。

羅倫斯順利地逮到第二頭、第三頭，卻在第四頭時腦袋被猛敲一下而仆倒。整張臉栽進泥巴裡，背上還被四條腿踩過，大概是豬撞的吧。

甩甩發昏的腦袋後，他奮力撲向同樣倒地掙扎的羊，像個連怎麼說話都忘了的野獸壓制住牲，以自己也不曉得哪來的力氣抬起來衝回陣地。解豬宰羊而全身是血的老兌換商們痛快地叫喊，羅倫斯把羊丟過去就立刻轉身再戰。

在廣場奔竄的人和家畜都是一個樣地泥濘、一個樣地拚命。

現在羅倫斯滿腦子都只是「撲上四足動物再壓制住抬回去」，無法作其他思考。如此怪異的陶醉，讓他嘴角不由自主高揚起來。視線彼端，一頭氣勢洶洶的羊甩下了好幾個男子直奔而去。撲背卻被甩開、正面擋又被撞飛的男子們也都急忙爬出泥池，活像一個個眼睛特別白的土偶，怒吼著追逐手裡溜掉的獵物。

見到他們的樣子，羅倫斯終於明白一件事。

原來如此，真像亡靈。

「第六頭！」

亡靈祭。

老兌換商雀躍地大叫。草蓆上已堆起肉山，負責秤重的肉店童僕也相當亢奮。大概是因為比其他草蓆更多吧。

「加把勁撐住啊！」

如此吶喊的會長自己已是氣喘吁吁，握刀的手用力得陣陣發抖。

屠宰也是項吃重的工作。

「包在我身上！」

羅倫斯也不怕羞地大喊一聲返回戰場，可是身體跟不太上。比賽進行得愈久，就愈能看出在耐力上是四足動物更勝一籌。因一身泥巴和疲勞而跑步都搖晃得像個亡靈的人們，蹣跚地到處追趕豬羊，但漸漸開始有人連追也追不上了。甚至有些想投機的站著不動，等獵物經過眼前再撲過去。

這當中，羅倫斯很幸運地遇見一隻停在他面前的，馬上跳過去抱住，以嘶吼驅散疲勞地一路送回陣地。

第七頭、第八頭。

「好厲害！看來是沒問題了！真的會贏！」

羅倫斯聽著背後會長的興奮誇讚，抓住不知被什麼引開注意而停下的豬送回陣地。

「第九頭！奇蹟啊！」

不只是會長這麼叫，附近看熱鬧的民眾也歡聲雷動。左右環顧下來，不見哪張草蓆有堆得這麼高的肉，這樣是不是就能贏過和傭兵聯手的公會啦？而自己，是不是其實挺厲害的呢？

柵欄另一邊傳來的高聲歡呼，使羅倫斯有種成為戰爭英雄的感覺，用沾了更多泥的手豪氣地擦去臉上的泥。這麼瀟灑的模樣，赫蘿也會看得很高興吧。

正想從人牆中尋找赫蘿時，會長疾聲一呼：

「羅倫斯先生！獵物來了！」

有頭羊逃來了陣地附近，追逐牠的男子累得踉蹌摔倒。儘管自己也差不多累成那樣，羅倫斯仍要正面攔阻奔來的羊。

羊很快就發現羅倫斯，傾斜身體打算拐彎。能逃到現在，的確是很有一套，不過羅倫斯已經鐵了心要抓住牠穩拿冠軍。

於是他拿出吃奶的力氣往羊面前跑。腳底發軟、呼吸急促。羊也低著頭拚命地衝。眼裡已經除了羊什麼也看不見。每一步都好像永遠踏不完。

就差一點，只差那麼一點就能逮到牠。現在距離撲也撲不到，可是沒法再接近了。要不要撲他一撲，當作最後一搏？

肺裡熱得像火燒，手腳都彷彿不是自己的一樣。

豁出去吧！

就在羅倫斯深深屈膝的那一瞬間。

羊突然受到驚嚇，側滑摔倒。

被泥巴絆住腳了？無論如何，這是唯一機會！

羅倫斯受到磨至極限的狩獵本能驅動，撲向了羊。他知道下一步動作愈慢就愈難站起，於是嘶吼著叱喝手腳，抱起羊邁開步伐，陣地傳來直衝雲霄的歡呼。兌換商們的體力理應也都到達極限，但仍揮起手替他打氣。羅倫斯將行商時遭遇的諸多艱苦經驗當作燃料，終於成功送羊達陣。

然後精疲力竭地就地跪下，仰向天空痛苦呼吸。

一步也走不動了。不過，我做得很棒吧？

在恨不得翻過柵欄，揮手誇讚他的鎮民中，羅倫斯找到了赫蘿。

下一秒，他發現自己又誤會了。

「咱不是說有咱跟著汝了嗎？」

在甚至聽不見自身急喘的喧騰中，彷彿只能清楚聽見赫蘿的聲音。曾宣言「時候到了才會動手」的赫蘿，正看著羅倫斯得意地微笑。

羅倫斯也認輸似的笑了笑。

自己體力並不強，運氣也不怎麼樣。能突然表現得這麼傑出，背後一定有原因。那些全在自己眼前停下動作的蠢羊蠢豬，其實都是被赫蘿瞪傻的吧。

「咱這個弱女子，有其他適合咱的工作」這句話，一點也不假。

邂逅赫蘿至今這一路上，絕非只憑自己的力量。有時需要擁抱她瘦小的肩膀，有時得如字面般緊緊抓在巨狼的背上。

於是羅倫斯說：

「真不枉我天天進貢。」

「大笨驢。」赫蘿不出聲地這麼說，咯咯笑起來。

秤肉是在肉店公會員的見證下進行。每個公會秤完就當場發表結果，群眾也鼓掌喝采。滿身泥巴與血污的鍛冶公會按胸彎腰行宮廷式鞠躬，惹來一陣大笑。

輪到羅倫斯那邊時，肉還沒上秤就已經造成滿場驚呼，光是用來裝肉的大木箱就比別人多。結果當然是毫無疑問的暫居第一，觀眾轟隆隆地踏腳鼓譟。羅倫斯與老兌換商們，以事先講好的騎士式跪地禮向全場致意。

「哎呀，成績比往年都更好啊！」

會長以熱呼呼的水洗著臉這說。廣場週邊的大商行全都開放卸貨區，供參賽者清洗休息。人們盡可能地沖洗髒污，拿冰涼涼的啤酒乾杯。

坐在卸貨區的椅子上望向廣場，能看見人牆彼端的秤重工作仍在持續，群眾不時大呼小叫。

「不曉得他們抓了多少。」

「不知道……我們也只顧殺自己的東西。」

羅倫斯側眼往身旁的赫蘿看，而她也聳聳瘦小的肩。

「咱只知道有人特別勇猛而已。」

「宰了那麼多，就算輸了也不會差太多吧。原本我還擔心會慘敗呢！哎呀，都是羅倫斯先生的功勞啊！得救了！」

會長和其他成員不知是第幾次過來握手。儘管不全是自己的功勞，能幫上忙仍值得高興。

「那麼，現在打算怎麼辦？再來是一些慶典的儀式，然後開始分肉。不過這個肉要一直發到完，會發到很煩呢！所以了，你要不要先回公會換個衣服再來啊？」

羅倫斯不是公會成員，實在不適合參加儀式吧。

不過，轉頭看身邊赫蘿的反應時，她明確地點了頭。

「那我們就先回去嘍？」

「公會裡吃的喝的都隨便你們拿！就只有貨幣千萬不要碰喔！」

羅倫斯以笑聲回答兌換商式的粗魯玩笑，和赫蘿一起起身。結果膝蓋僵得發直，還沒走就快要跌倒，被赫蘿迅速扶住後不禁苦笑。

有種一口氣老了五十歲的感覺。

「就當是預演吧。」

赫蘿聽出了羅倫斯耳語的意思，原本想笑但又繃起了臉。

「少來，還久得很呢。」

並訓話似的這麼說。

「我當然知道。」

使用過度而變得硬梆梆的身體經過一點一點的挪動後，又恢復了些許彈性。兩人請人開了商行後門走進後巷，這裡人少，好走得多。

路上是那麼地安靜，先前震耳欲聾的喧囂，與不知多少年不曾有過的全力狂奔都恍若泡影。

或許是因為累了吧，羅倫斯見四下沒人，也不顧自己一身泥就撒嬌似的往攙扶他的赫蘿臉上親一口。

「……汝以前也在這種小巷裡動過歪腦筋嘛？」

赫蘿說話也跟以前一樣不留情。

「可能是因為會讓我覺得全世界只剩我們吧。」

「大笨驢。」

被踢了。

「而且，我是今天的大明星耶。怎麼樣，看到了沒，要拚的話我也是很行的喔？不過才剛這麼想，就發現自己其實還是在妳手掌心上。」

「……」

面向前方說話的羅倫斯，感到赫蘿的視線打在頰上。

「如果是剛認識，我大概會很不甘心吧……可是今天我真的很高興。妳平常都很喜歡欺負我，可是必要的時候絕對會幫我。」

羅倫斯看著赫蘿，自然就笑了。

赫蘿嘴抿成一線，眼睛猛然瞥開。她還滿容易害羞的嘛。

「我很感謝妳喔。」

但羅倫斯卻以這句話代替了揶揄。因為沒有其他該說的話。

兩人就這麼慢慢地走在小巷上。

在這樣的氣氛下，赫蘿停下了腳步。

「咱啊，也很相信汝。」

「我的榮幸。」

「而且，咱也相信汝一樣信任咱。」

這是赫蘿式的繞口令嗎？

羅倫斯才剛這麼想就否定了它。赫蘿的樣子不太對勁。

「赫蘿？」

兜帽下的耳朵，隨這一喚大力抖動。

「只要和汝在一起，遇到再麻煩的事也不怕。」

赫蘿臉上閃過疲憊的笑，抬起頭說：

「有事找咱就站出來說。」

埋伏？行商時的習慣使羅倫斯下意識地往背後摸索短劍，卻想起留在了公會房間裡。不過赫蘿就在身邊，沒有人身安全上的憂慮。

能與足以一口吞噬人的巨大賢狼相抗衡的，除了靜坐山脊伸手獵月的傳說巨熊外，還有……

「我們沒有危害二位的意思。」

從巷道轉角處現身的青年開頭就這麼說，背後跟了個看似文靜的少女。

青年像穿了一身泥衣，剛洗過的金色短髮仍滴著水，少女的粗布旅裝則是血跡斑斑。他們在這之前做了些什麼，已是不言而喻。

可是，吸引羅倫斯目光的卻是他們獨特的氛圍。

與赫蘿長年相處下來，他也漸漸感受得到。

擋住去路的肯定不是人。

「我叫阿朗，這是我妹妹瑟莉姆。」

自稱阿朗的青年深吸口氣，似乎有些緊張。爾後斷然屏息，手握住腰際劍上唯一沒沾泥的柄。

「以前在南方做過傭兵。」

直順出鞘的劍刃，在巷道陰影中寒光一晃。

◇◇

不慣於長劍的人，就連拔出鞘都有困難。從阿朗流暢的抽劍與健壯體格，羅倫斯也看得出他絕非尋常劍客。

但是，真正令他錯愕的不在這裡。

羅倫斯是為了什麼而追豬趕羊，弄得一身污泥呢？是因為聽說連接斯威奈爾的古道彼端將要開闢一個新的溫泉鄉，而那些人是來自南方的傭兵，所以就是他們了吧？

阿朗一拔出劍，就以同樣漂亮的動作將鞘解下腰帶，在腳邊與劍交叉放置。這是傭兵或騎士致上最高敬意的方式，其身旁說是妹妹的瑟莉姆也屈膝下跪。

雖然一開始就知道他們沒有敵意，不是單純的強盜，但羅倫斯卻看不出他們的目的。

而且，阿朗的眼擺明只注視赫蘿一個，看也不看羅倫斯。

「我們看得出來，您是經歷過更甚於我倆的長久歲月，身分尊貴的狼。」

聽了阿朗如騎士宣示忠誠般的話語，赫蘿也無動於衷。

「話說得倒好聽。剛才比賽當中，汝等注意到咱之後放了不少水嘛，到底有什麼目的？」

先前問亡靈祭上其他隊伍表現如何時，赫蘿輕描淡寫地說過「有人特別勇猛」，看來指的就是這個意思。

「……我們也是在比賽當中才發現有您這樣的人物在協助兌換商公會。由於身上硫磺味十分濃厚，所以沒能事先察覺。」

赫蘿的表情這才出現變化，聞聞自己的肩膀再聞聞羅倫斯的衣袖。

「您應該自己也聞不出來了吧？這表示您就是那麼融入紐希拉那片土地了。」

只要向鎮上的人打聽，馬上就能知道兌換商找來的外地幫手是誰。紐希拉的溫泉旅館老闆每年這時節會來幫忙的事，只要是在斯威奈爾工作的人，無論是工匠還是商人全都知道。

但得知紐希拉有非人之人居住時，阿朗他們多半也很驚訝吧，更何況身邊還帶了個雄性人類。

「所以怎麼樣？」

赫蘿虛應地問。阿朗與瑟莉姆明顯就是打算開闢新溫泉鄉的人，而他們在赫蘿的面前下跪，表示極高的敬意，不會只是單純的問候。

阿朗回答：

「這應該也是某種緣分。所以我怎麼樣也忍不住，來請您協助我們建立新的故鄉。」

感覺赫蘿的外套底下，尾巴膨脹了幾分。

「我們想創造一個讓同伴在未來千百年都能夠回來的家。」

森林與精靈的時代逝去後，非人之人在現代過著喘不過氣的生活。像十多年前的旅行中，也曾在設法拯救被迫流浪的同伴時，遇見在大草原設立安身之地的黃金羊。躲進森林，也會有道路闢過、開發礦場、大規模伐木等問題。就算乾脆混入人類社會，非人之人到底是非人之人。

如此一來，任誰都會想在遠離凡塵的地方找個能溫飽的方式靜靜生活。好比有個旅行商人和狼的化身，就在紐希拉開了溫泉旅館。

「聽說您身邊這位，是紐希拉溫泉旅館『狼與辛香料亭』的老闆，也是救了這個鎮的商人，而且看來與您關係匪淺。假如人們崇拜的神真的存在，我想這一定是神的指引。」

聽到這裡，羅倫斯才明白赫蘿表情為何僵硬。

他向阿朗問道：

「你是想請我們指導如何經營溫泉旅館嗎？」

「我更希望的是——」

阿朗毫不畏怯地說：

「兩位直接搬到我們村子裡來。」

他說「村子」。

聽兌換商說，他們不到十人就想重新利用修道院遺跡建造溫泉旅館。羅倫斯原本以為他們打的是就算挖不到溫泉也能藉狩獵維生的主意，結果他們已和鎮上各公會達成協議，設想得十分週到。

既然他們以「村子」為前提，那麼他們的夢想不會只是幾間溫泉旅館而已。

「只要有兩位的力量和智慧，就等於有百人——不，千人的人手。」

「我們一直在南方做點簡單的傭兵工作……具體來說，是在小村莊裡當守衛，防止戰亂造成的無法之徒侵擾，用那點錢勉強過日子。」

阿朗身旁的瑟莉姆淡淡地說。她看起來比阿朗還要樸直，彷彿有修女般的堅定意志，能不眠不休連續工作兩、三天也毫無怨言。年紀看似比赫蘿稍長，不知是過得很辛苦還是面容陰鬱，感覺更是成熟。最顯眼的是她的手，粗糙得即使亡靈祭上不停屠宰也無法說明。

和赫蘿的手完全不同。

「我們每天生活的方式，都不得不使您與我們這一族蒙羞。」

這麼說來，阿朗和瑟莉姆跟他們的同伴都是狼嘍？

赫蘿應也看得出來吧，她表情毫無變化地注視他們。

「我對人類社會的事不太清楚，對我來說，就只是暫時幫了商行一點忙而已。我們那就只有我和哥哥會說這裡的語言。」

「您或許會笑我們魯莽吧。」

阿朗往地上交叉的劍與鞘瞥一眼，毅然說道：

「世界不停在變，微薄的收入也眼看就要枯竭。我們就只是靠戰爭餘燼餬口的人，既然僥倖得到那塊土地的許可證，當然會想在那裡賭一把，所以我們就來了。」

結果發現，土地有挖得出溫泉的跡象，修道院遺跡也頗為完整。

八成是這麼回事吧。

這世界上，每個人都有自己的苦衷。

「汝等……」

這時，赫蘿緩慢地打岔。

「是要咱放棄好不容易打好關係的村子嗎？」

「假如您願意搬遷，那當然是再好不過。但若只是協助我們建村，當然也可以——」

「所以無論如何，都是要咱背叛現在這村裡的人嘍？汝等和咱們在商場上可是敵人啊。」

「赫蘿。」

喚她名字的，是羅倫斯。

雖然阿朗那邊的確是商場對手，但也能明顯看出他們有不得已的苦衷。再者，他們和赫蘿一樣是非人之人，而且又是同族。對赫蘿而言，肯定比紐希拉的村民更接近她。

正因如此，她才會對他們如此冷淡吧。

要是稍微給了點同情，對他們敞開心，就會落入非幫助他們不可的感情，而那將是對紐希拉的背信行為。

更別說，赫蘿本來就是紐希拉村中必須掩飾身分的異類，有羅倫斯所無從想像的包袱。

可是，羅倫斯卻對赫蘿說：

「不可以這麼快就下結論。」

這件事所能造成的影響，將一直持續到遙遠的未來，且會衝撞到他與赫蘿之間一個非常核心的問題。

因為——

「赫蘿大人。」

阿朗跪著湊上前來。

「請您審慎考慮。您現在擁有的並不會永遠存在啊。」

他們說自己是來自南方，藉傭兵工作維持微薄收入，生活貧困。

儘管因此而不懂人情世故，阿朗的精悍神情也未免太剛直。

這世上，有些實話不能隨便說出口。

羅倫斯不禁咒罵自己愚蠢，沒能代他說出這句話。

「……所以那又怎麼樣？」

赫蘿以令人心底發寒的聲音說：

「那跟汝等又有什麼關係？」

「赫蘿。」

「說啊！」

曾有哲學家說過，世上沒有真正幸福快樂的故事。羅倫斯終會死去，獨留赫蘿一人。對於這個問題，羅倫斯已與赫蘿攜手找出了答案——以「那又怎麼樣」的態度向時間虛張聲勢，隨遇而安。

赫蘿抓起了羅倫斯的手，力氣大得發疼。

「汝等嘴裡那個賢狼已經是過去的事了，找別人去唄。」

彷彿能聽見赫蘿關上心門的聲音。

赫蘿用力拉著羅倫斯的手向前走去，氣得好像要順勢一腳踢開阿朗表示敬意的劍與鞘。穿過阿朗身邊時，那青年是一臉的茫然，或許沒想到說出事實會惹赫蘿生氣吧。這讓羅倫斯感到，他們的心地真的是正直到看不清人類社會的運作方式。

然而，單憑正直無法在人類社會存活。筆直寬廣的道路，只存在於城牆裡的一小部分。

「赫蘿。」
直到看不見阿朗與瑟莉姆，羅倫斯才又喊了她，但她不肯停。
腰腿疼痛的羅倫斯走不了那麼快，反過來硬將她拉住。少女模樣的赫蘿，只有少女的力氣。
而嬌瘦的身軀，也守不住她柔弱的心。
赫蘿轉過身來，臉上滿是淚痕。看來那場憤而離去是她最後的堅強。
「咱、咱是因為……汝……」
「我知道，不要再說了。」
羅倫斯原有些顧忌自己衣服全是泥，但最後還是將哭成淚人的赫蘿擁進懷裡。赫蘿也不顧會沾得滿臉泥，緊緊抱住他。摸在背上的手，覺得那身體好瘦小、好脆弱。
接著擁著啼哭的赫蘿向後一靠，倚牆望天。
從夾在高樓間的狹路所能看見的天空，是那麼地遙遠、窄小。
羅倫斯明白那場對話中，自己才是愚昧的一方。
忽然間，眼角餘光似乎有個人影。轉頭一看，原來是瑟莉姆。她表情惶恐得令人同情，不敢靠近，只是遠遠往這裡看。羅倫斯對她搖了搖頭。
瑟莉姆雖然面色愁苦，但仍然稍微頷首致意後垂頭喪氣地退開了。他們身上沒有惡意或謀略的味道，教人心裡反而煎熬。若他們懷著惡意而來，還能夠義無反顧地保護自己的幸福。然而，總有一天非得面對不可的事，就這麼伴著具體形象出現了。

羅倫斯再一次撫摸赫蘿的背，輕拍兩下說：

「好了赫蘿，在這邊哭也不是辦法。」

假如這句話能有那麼點說服力，是因為自己曾是個不走下去就賺不了錢的旅行商人吧。

「總之先回房間吧，然後──」

然後？

羅倫斯不太敢說下去，但他相信赫蘿，赫蘿也相信他。

於是鼓起勇氣，說了。

「然後面對這個問題好好想想吧，不能逃避。」

赫蘿什麼也沒說。

可是，羅倫斯慢慢放開了手，扶她站直。

忍不住笑出來，是因為她被泥弄成了大花臉。

「現在不管問誰，都不會認為妳是賢狼吧。」

仍在抽噎的赫蘿用袖子粗魯地擦臉，握起拳就往羅倫斯肚子招呼。

而那隻手又緊握住羅倫斯的手，是因為她比淘氣的繆里更像女孩子吧。

「打起精神，公會裡還有一堆酒菜等我們隨便吃耶。」

赫蘿吸吸鼻涕，腦袋往羅倫斯肩膀頂一下。

「大笨驢。」

雖然仍有點哭腔，但罵得了人就表示她沒事了吧。

自己與赫蘿之間，有強烈的感情聯結。

事情一定有轉機，一定能圓滿解決。

從小巷走上大街，陽光立刻照得全身暖呼呼的，彷若某種象徵。

兌換商公會會館中一片寂然。

慶典時期，商行之間沒有大型交易，不過旅人或休假的工匠仍會往來斯威奈爾。直到昨天都在會館作高額買賣的決算與兌幣的兌換商們，睡醒之後一個接一個帶著天平上街去，一個也不剩。

而且，現在人都擠到了亡靈祭後開放的廣場去，整個商業區位也是安靜無聲。要是太陽在半夜冒出來，或許也會是這種狀況吧。

「天啊，終於活過來了。真的是亡靈祭啊。」

除了從頭到腳都是泥，脫光一看，全身上下都有瘀青。

不僅是因為所有參賽者都像亡靈，當初取名的人也一定是洗過熱水後都會這麼說而想到這個名稱。

「妳好一點了沒？」

赫蘿臉上是泥水淚水混成一團，再加上抱過羅倫斯，衣服也泥成一片，變得像在路邊從頭摔進泥坑裡而哭著回家的小女孩。比起實際參賽的羅倫斯，留下看門的童僕還比較關切赫蘿。

「……」

用熱水洗臉洗手換衣服之後，赫蘿坐在床邊沉默不語。

對童僕送來的簡餐與酒碰也不碰。

「話說……那還真是突然啊。而且他們還直得像騎士一樣。」

阿朗還有優秀的劍術，以擔任村莊護衛維持生計。

可以想見，他也曾質疑是否該將自己的力量使用在服侍人類上。需要他們保護的，八成是個出了事也不會有人想救的貧寒小村吧。感覺上，留在修道院遺址挖溫泉的人個性也都是那麼地正直，在這個世道下很難生存。

「大家都知道什麼是正當的事。節制飲酒、謹言慎行、努力工作、關懷弱小，還有時不時向神祈禱。」

羅倫斯這麼說著走到桌邊，拿起皮製大啤酒杯。斯威奈爾不愧是自古以來就因位居皮草與琥珀流通要衝而繁榮的城市，皮革品質非常好，硬到可以用來作武器。裡頭裝的似乎是葡萄酒。羅倫斯將酒分裝到小錫杯，拿到赫蘿面前。

「就道理上來說，妳應該曉得怎麼做才對吧？」

赫蘿沒有看羅倫斯，但似乎接受了他的話而接下酒杯。

「阿朗他們的溫泉旅館是開在深山裡，由一群非人之人開始營業。然後會慢慢召集同伴，最後呈現村落的面貌……光是想像，感覺就像童話故事一樣。」

紐希拉雖也有祕境之地、人間與天堂的交界等稱呼，然而情況不同。當客人夜半醒來，在村中廣場飲酒同歡的肯定是狼、鹿、兔子或狐狸之類。

到處都有類似故事流傳，就是這個原因吧。

「是吧，赫蘿。」

喊了名字，她才嚇一跳而抬頭，有如為遮掩傷口而綁的繃帶被人掀開。她甚至忘了自己拿著酒，跟著就想站起來，卻被羅倫斯用一手按住肩膀。

「就先當幫助阿朗等於背叛紐希拉吧。」

赫蘿十分明白羅倫斯為了融入紐希拉付出了極大努力，也知道那是一件非常辛苦的事，而紐希拉的居民即使沒有惡意也時常會視他為外人、菜鳥，以及他單純是喜愛紐希拉這塊土地，無論做什麼事都絞盡腦汁，希望讓全村繁榮起來。

而赫蘿要在這樣的狀況下，傳授知識給敵人。
還繼續厚著臉皮住在紐希拉。
「我個人是覺得無所謂喔。」
「……可是……」
「我是個商人耶。」
赫蘿傻愣地看著羅倫斯的苦笑。
「早就習慣清濁並濟了，耍心機也是家常便飯。」
若不當自己有兩張臉，兼容道義上完全相反的事，根本就做不了商人。
就拿買賣來說好了。商人必須懷疑對方有沒有占便宜、設陷阱、欺瞞，同時在某方面相信對方，握手成交。
而且在如此猜疑的狀況下談成生意後，有時還得和對手敞開心把酒言歡，而第二天又要回到猜疑的商場上。
黑是黑，白是白，不可混淆。
「就算妳真的去幫阿朗他們，也不是因為想對紐希拉直接造成任何傷害。光是這一句，拿來當藉口都有剩了吧。對我來說，出現相當的競爭對手也不是壞事。在紐希拉開溫泉旅館之後我常覺得，那裡已經安逸了幾百年，實在很缺乏危機意識。」

羅倫斯從前為了在一個客人也不會上門的春秋兩季招攬生意出了許多點子，可是那些先進全當成耳邊風，只想在淡季好好休息。

在村裡住久了以後，他自己也開始被那種氛圍毒害。若這時來了個外敵，就能驚醒那群夢中人了吧。

「基於以上原因，假如妳去幫阿朗他們，我當然也會幫妳，沒什麼好對不起其他旅館老闆的……呃，或許有一點吧。不過想歸想，我也只會聳個肩說『那是沒辦法的事』。」

羅倫斯知道這麼做辜負了他人的信任，但若能成就更重大的目的，他甘願背負背叛者的罪名。

「而且，真正讓妳難過的不在那裡吧？」

赫蘿舊傷被人挖開般，嘴抿成一線。

「我應該先替阿朗說出來才對。」

現在擁有的，並不會永遠存在。

這是兩人都心知肚明，確定不予理會的事。

「妳不可能永遠住在紐希拉，再怎麼掩飾妳不會變老也有個極限。難道現在每個人都死掉以後，妳還能像以前在帕斯羅村看麥田一樣，繼續當個沒人會感謝的守護神嗎？」

赫蘿稍微顫動，一滴淚珠滴進她握在手裡的錫杯。羅倫斯自始至終盯著那滴淚，繼續說：

「妳是我最愛的人，可是……」

這句話實在教人難以啟齒，但不說才是真正的背叛。

「妳畢竟不是人類。我走了以後，妳還要活很久很久。既然能有阿朗他們陪妳，那樣會比較好。」

赫蘿抬起了頭。

緊繃的唇，震顫著鬆開。

「汝這樣說……好像在交代後事一樣……」

「我是啊，就是交代後事。再說，我之前也不是替妳預演過葬禮了嗎？這次就只是角色互換而已嘛。」

在錯愕的赫蘿回話之前，羅倫斯的手先伸向了赫蘿臉頰，以拇指腹拭去眼角的淚。

「我答應過妳，要在那一天之前當作我們的關係永遠不會結束那樣陪妳。現在，躺在時間長河邊的我們面前來了一艘船，為了以後可以平安到對岸去，現在上船也不吃虧。」

會苦笑著說話，是由於赫蘿看他的表情就像在彌留之際為他送終一樣。

羅倫斯在赫蘿面前蹲下，將視線降得比赫蘿略低。

「既然妳是商人的老婆，做事就該有商人的樣子。」

「……？」

「就是為自己留個保險。面對可能使妳失去一切的冒險時，就要為失去一切做好準備。不過，假如真的不想失去一切，不要冒險就是最大的保險。以前的妳，曾打算選擇後者。」

想在離別沒那麼痛之前離別。

「可是，這樣也會讓可能到手的利益溜走。聽好嘍？先假設妳幫了阿朗他們，讓他們營運得很順利，這些壽命很長的人都可以安安穩穩過日子。那麼妳想想，既然那裡的都是知道彼此難處的人，假如我死後妳還想把狼與辛香料亭繼續開下去，靠他們的力量不就行了？只要在紐希拉和阿朗他們那邊每隔大概三十年就交換一次，就能在不被紐希拉的人懷疑的情況下永遠維持下去了吧。除非……妳自己先亂花錢把店搞垮。」

羅倫斯的賊笑，讓低頭看他的赫蘿咳嗽似的笑出來。

「大笨驢……」

「我覺得這招真的不錯喔，誰也不吃虧。只是，在紐希拉的人都為了怎麼跟阿朗他們的溫泉旅館對抗動腦筋的時候，我們需要演點戲就是了。」

羅倫斯牽起赫蘿的手，哄她似的搖了搖。

「只要是為了妳，我稍微違背一點神的教誨也可以。」

赫蘿笑得很勉強，是由於配合羅倫斯硬開玩笑，想故意笑贏他的緣故。

不過，這樣就行了。起初勉強無所謂，遲早會習慣、接納它的。

想對抗世界的定理，絕對少不了這樣的努力。

「所以，就這樣嘍？」

羅倫斯仰望著赫蘿這麼說，而她的眼睛彷彿隨時會閉上，但是並沒有。

「妳要去幫阿朗他們，對他們稍微好一點喔。」

赫蘿到這時候仍然擺出一臉的不甘願，讓羅倫斯又笑了。

「妳真的很怕生耶。」

「什麼！」

赫蘿倒抽一口氣，旋即吊起眼瞪向羅倫斯。

「咱是因為身分高貴！」

接著甩開羅倫斯牽著的手，「啪！」地一聲打在他臉上。

羅倫斯也將自己的手疊在赫蘿手上。

赫蘿還是兇巴巴地瞪過來，不過尾巴搖得啪噠啪噠響。

「我想也是。」

羅倫斯從赫蘿另一手接過杯子，放在腳邊。

並且挺起身與她四目相對，摟住她的腰。

「因為妳是公主嘛。」

「……咱是賢狼大人，大笨驢。」

赫蘿終究是赫蘿，稍一分神就被她拉倒了。儘管馬上就注意到木窗沒關，不過今天是慶典的日子，不要太放肆應該不會有事。

從敞開的窗口，能看見大片晴朗天空。

以前被月亮偷看過好幾次，至於太陽嘛，幸好它現在大概看不見。

由於對方表面上是與兌換商公會和紐希拉對立，假使羅倫斯直接大剌剌地去找對方而被人看見，事情會變得很棘手。

因此，羅倫斯決定用點門路。

「我實在很擔心你們跑來這裡會不會又帶來什麼麻煩。」

統治這個鎮的強．米里一進接待高貴訪客用的貴賓室就繃著臉這麼說。

「不好意思，在這麼忙的時候打擾您。」

「我是真的很忙啊，可是這個鎮背後的大功臣帶著狼來敲門，我豈有不開的道理。」

米里在披了紅布的椅子坐下並重嘆一聲。不是煩躁，只是非常疲倦。相信是鎮上的慶典，忙得他有如硬要攪動塞滿料的超大型湯鍋般眼花撩亂。

「話說回來，我還真的不知道你有參加亡靈祭呢，完全看不出來。」

當時人那麼多，赫蘿身上的硫磺味也重得蓋過了狼味，這也是當然的。

「到最後，兌換商公會宰的肉果然最多。」

表現得太精彩了。羅倫斯往身旁看，想分享這份喜悅，結果赫蘿一副「有我幫忙不贏才怪」的臉，漠不關心地嚼著米里招待的糖漬花。可能是剛哭過，嘴裡很鹹的關係吧。

「你來找我，是要我把手上有老修道院那塊地許可證的人找過來是吧？」

米里說到這裡，要打斷羅倫斯頷首般插個前言。

「真的沒有起爭執嗎？」

羅倫斯和赫蘿上門之後，米里一直很擔心這件事。

十多年前，羅倫斯等人被捲入一場大風波而抱著一縷希望來到這個鎮。就遭受牽連的米里而言，簡直是一場大軍壓境的無妄之災。

所以儘管最後是漂亮地平安落幕，米里至今仍把他們當瘟神看的想法也約有八成正當。

「沒有，反而是為了不讓爭執發生才找他們。」

「嗯？」

米里還是有點懷疑，而赫蘿一片接一片卡滋卡滋地嚼著沾滿白砂糖的紫色花瓣後，舔舔手指插話道：

「為什麼汝不跟咱們說他們的事？還是說，汝根本就沒提過咱們？他們那麼守規矩，來到這裡一定會先來拜會鎮長，汝不會沒見過他們才對。」

赫蘿不是責怪的口吻，米里也只是稍微挑起一眉說：

「沒錯。他們也很擔心那張發黴的許可證到底有沒有效，來拜訪我的時候順便問清楚。」

「所以汝沒告訴他們紐希拉有狼唄，他們也要蓋溫泉旅館呢。」

米里注視了赫蘿一會兒，想打探她真正的用意。而赫蘿不以為意，又津津有味地吃起昂貴的糖漬花。

最後，米里嘆口氣並往椅背一靠，說：

「有兩個理由。」

接著坐回來，也拿一片愈來愈少的糖漬花。

「第一，我想維持這個鎮的發展狀況。只要是對這裡有益的事，我什麼都願意。」

兌換商公會會長也說過，有兩個溫泉鄉就有兩倍生意。

「第二，是因為他們讓我想到十多年前的你們。」

「有那麼慘嗎？」

米里對羅倫斯聳聳肩。

「從像是緊抓著最後的渺茫希望，事先也沒做過什麼調查來看，是滿像的。」

這個強・米里在當年說話就很不留情。

「他們只憑一個不太可靠的消息就跑來，說可能會挖到溫泉，到時候想開溫泉旅館，然後慢慢發展成一個村落。要是告訴這種人紐希拉已經有狼在開溫泉旅館，你們想想會發生什麼事？一定是直接投靠你們吧？這樣不是反而會讓你們很頭痛嗎？」

「先前遇見他們那時，是讓咱真的很頭痛沒錯。」

赫蘿似乎是糖果吃過癮了，喝幾口用茶葉沖的熱茶。雖然她曾批評過醉不了人的飲料根本沒必要喝，但似乎還是喜歡茶的香氣。

斯威奈爾應該是賺了不少吧，拿出來待客的每樣都是貴族府上才看得到的南方進口貨。

「要是你們誤會我把麻煩丟給你們，那我就更頭痛了。所以不如等你們自己來找我，事情會比較好辦。」

這個人的思慮和他的外表同樣深沉。羅倫斯欽佩地點點頭。

「可是，既然你們已經見過面了，事情不就結束了嗎，為什麼還要透過我找他們來？真的沒起爭執嗎？」

看著米里仍繃著一張臉，羅倫斯決定說明原委，然而對於赫蘿當時哭著離開，回到下榻房間勸過她之後又消磨了一小段時間，不知該怎麼解釋才好。

「呃，這個嘛，其實……」

沒等支支吾吾的羅倫斯說完，赫蘿就先開口了。

「因為才一見面，他們就囉哩叭唆提了一堆要求。咱們沒法當場回答，就先回到住處商量。結果商量久了，機會也就錯過了。」

雖然不算說謊，與事實也差了一大段。

氣定神閒喝茶的赫蘿，也讓羅倫斯欽佩不已。

「那結果呢？」

那是「既然要透過我牽線，至少這點要告訴我」的意思吧。羅倫斯對赫蘿使個眼色，讓她沒趣地哼了一聲說：

「咱們決定要幫忙了。咱偶爾也有想丟下這傢伙，一個人靜一靜的時候。」

要是說自己才想這麼做，赫蘿恐怕會三天三夜不理人吧。

「這樣啊，那我懂了。」

米里放心地嘆口氣，往敞開的木窗外望去。

「我也一樣。」

「咦？」

米里像見到傻蛋般對訝異的羅倫斯瞇起眼說：

「我在這鎮上也待好些年了，差不多該離開一陣子，不然會出事。」

強・米里是繼承自前任城鎮領導者的名字，他同時也是別名哈比利的領主。多半會以養病為由退居領地，表面上宣布病死之後，以親戚身分回來繼承所有領土與權利之類的吧。事實上，貴族階級經常為了維持血統而將兄弟姊妹或近親安插在遠方，誰也不會起疑。

儘管如此，身邊可用的藏身處當然是永遠不嫌多。

「汝會長鬍子，辦法多得是，咱的美貌可就藏也藏不住嘍，真傷腦筋。」

「……」

米里同為非人之人，一聽赫蘿要協助阿朗的溫泉旅館就知道她有何打算。身為人類的羅倫斯，對於自己踏不進那個「圈子」感到十分遺憾。

但同時也覺得這也不錯，是由於赫蘿與米里意外地合拍。如此一來，自己死後或繆里在旅行途中落葉生根了，赫蘿也不必孤伶伶地理尾毛。

「總之，把他們找來就行了吧？」

「麻煩您了。要是讓鎮上的人知道我們雙方有私通，事情會很難處理。」

「商人就是商人。」

米里嘆口氣，打響桌上的小鈴，一個衣著平整潔淨的童僕跟著敲敲門進房裡來。米里要他找阿朗過來之後，童僕就畢恭畢敬地行禮告退了。

「怎麼啦？」

見到羅倫斯看得目不轉睛，米里不解地問。

「啊，沒什麼……只是覺得他很有禮貌。」

「現在這鎮上到處都人手不足，能幹的童僕全都被商行吸收掉了。」

「就是說啊。」

羅倫斯彷彿放棄了什麼的語氣，使米里挑起一眉問：

「怎麼啦，旅館想開分店嗎？你那不是有個叫寇爾的年輕人和女兒在嗎？」

既然說到這個，羅倫斯也不得不將寇爾和繆里的事說清楚。

「喔喔，真是虎父無犬子啊。」

「是啊。所以我們這一趟也打算順便在鎮上請幾個新人過去。」

「哼，直接請那些傭兵不就得了嗎？」

「是有考慮過，可是……」

羅倫斯往身旁的赫蘿看，而赫蘿表情不太高興。

「我聽說他們也是狼族，那不是正好嗎？」

「就、就是說啊，哪裡不好？」

在米里與羅倫斯注視下，赫蘿擺出砂糖裡有顆小石子的表情。不過她大概是認為找藉口其實很蠢吧，轉向一邊吐口氣就不甘不願地說：

「咱可是賢狼赫蘿，有非顧不可的威嚴要顧。」

威嚴？羅倫斯往米里看，不會給赫蘿面子的米里聳聳肩回答：

「可能是因為有族人在看的話，不能大白天就喝酒睡懶覺吧。」

赫蘿眼睛幾乎轉出聲音地往米里瞪，而米里當然是無動於衷。

「難道不是嗎？」

而且還捱了一記追打，懊惱得低吼起來。

「我覺得他們能力不錯啊。從個性來看，應該只要給他們每天固定的工作，就會發揮真正價值那種。與其說是狼，還比較接近狗。」

「的確，他們感覺就像獵犬那麼忠實，不會拖泥帶水。」

「相反地，視野就比較狹窄了，會以為正確的事到哪裡都一樣正確。擁有超乎常人的力量還過得有一餐沒一餐，表示問題應該不是出在能力，而是個性吧。」

凡事都有適合與否之分。

會惹赫蘿生氣，正好就是實話實說的結果。

「要開闢新的溫泉鄉啊。出航之後想必能順利營運下去，只是……」

「還有問題嗎？」

米里疲憊地嘆口氣。

「他們手上的許可證應該是真的沒錯，可是那讓我有種抹也抹不掉的壞預感。這時候你們還跑來要我叫他們過來，差點沒把我嚇死啊。」

他的懸念似乎不是沒有根據。

「會是用許可證當幌子……例如背後有哪個大官想侵吞別人領土之類的嗎？」

既然米里認為許可證應該為真，多半是因為那是他平常會接觸的當地官員簽發的。

然而這麼一來，事情就有點古怪了。阿朗幾個都在遙遠的南方當傭兵，所以就是在那裡碰巧取得發徽的許可證吧？雖然許可證不是不可能輾轉在異地之間流轉，但一般而言，簽名也會跟著領主換才對。

米里以臨時想起某個重點的表情捏著眉心說：

「那張許可證是教宗簽發的。」

「教宗？教會總部發行的許可證？」

教會組織遍及世界各地，在南方生活的阿朗他們的確很有可能獲得這份許可證，這也能解釋米里為何能分辨真偽。

「我聽說那塊土地有一座老修道院，不是那時候發行的嗎？」

「正常來說是合理。」

那麼除了正常方向以外，該怎麼想才對呢。或許是疑問都寫在臉上了吧，米里低吟一聲後忐忑地說：

「那張許可證，是以教宗名義保障開挖該土地，且獨占掘出物的權利。」

「這……既然要挖溫泉，本來就需要那種許可證吧。可是——」

羅倫斯的話忽然中斷。

聽兌換商公會會長說，那裡的修道院是在教會與異教徒戰況巔峰，兵荒馬亂的時期建成的。有一群熱情的修士賭上性命來到這裡，以難以置信的誠意開闢森林，在深山裡用石塊建了一座修道院。後來他們的熱情疑似隨著戰爭空殼化而減退，不知不覺就消失了。可能是那裡環境太嚴苛，老了就沒法待下去的緣故。

不過修士本來就是一群冀求逆境的考驗以砥礪信仰的人，若說是因為日子苦而離去，的確有點不太對勁。

思考當中，一旁的赫蘿打個嗝說：

「咱可沒聽過會挖洞的僧侶。」

「咦？」

羅倫斯轉過頭，與赫蘿四目相交。她略紅的琥珀色眼瞳，正注視著他。

「沒錯。雖然當時紐希拉的名聲就很響亮，他們也有可能是想如法炮製，但還是有一點很奇怪。」

「對、對喔。他們都在敵陣撐了那麼多年，為什麼在安全以後反而撤退？」
如此呢喃的羅倫斯，腦中有某個零件喀喳一聲嵌合了。
「難道枯竭的……不是熱情？」
所以是什麼呢？
阿朗所取得的發徽許可證，反過來也可以這麼解釋。
即使滿紙黴斑也捨不得放手的許可證。
原主還期待能在那裡得到些什麼。
「那會是──」
就在這時，房門叩響了。在眾人注視下探進頭來的童僕，不是先前米里差去找人的那名。
「什麼事？」
童僕表情有點不知所措，轉向走廊說：
「有一個叫瑟莉姆的女人說要見大人。」
「什麼？」
不是被他們找來，而是主動來的。米里不禁看向羅倫斯，但羅倫斯也全無頭緒。
「請她進來。對了，你說她叫瑟莉姆，所以是一個人？」
「是，只有一個穿旅裝的女人，而且樣子非常慌張……」

童僕疑惑地如此補充。

「總之先帶她進來。」米里一這麼說，童僕就轉身跑走了。

不是阿朗，竟是瑟莉姆獨自前來，而且神色慌張。

帶來的怎麼也不會是好消息。

誰也沒再開口，房裡只有赫蘿的喝茶聲。

當她在桌上放下空杯，瑟莉姆人也進房了。

瑟莉姆臉色蒼白。

原有些話急著想對上前招呼的米里說，但因發現羅倫斯和赫蘿也在而愣住。

「妳來得正好，我正想請阿朗和妳過來這裡呢。先前對你們不好意思，想道個歉。」

羅倫斯臉上堆滿笑容主動問候，是由於瑟莉姆明顯亂了方寸的緣故。從行商中，他學到笑容可以讓人暫時冷靜。

果不其然，羅倫斯的態度讓瑟莉姆緊繃的情緒放鬆了幾分。儘管仍有些不自在，但還是能向羅倫斯等人行禮致意了。

「來，先坐下再說。還是說，事情急到需要我立刻派兵？」

瑟莉姆長相雖美，但神情怎麼看也不像威嚴的狼，說起來還比較接近偷偷在草原角落啃草的羊。要是被慶典上鬧瘋了的野狗們盯上，多半會遭到調戲吧。

「不、不是……」

瑟莉姆搖搖頭，但又突然想起什麼般再搖一次。

「不是，可是說不定……」

「說不定怎樣？」

瑟莉姆隨這反問甩甩頭，彷彿要甩掉混亂的思緒。

「其實我也不太清楚出了什麼事……就是公會的人突然跑來我們房間，問東西是哪裡來的，事情搞不好會變得很嚴重。」

起初原以為「東西」指的是許可證，但說不通。阿朗和瑟莉姆是因為有許可證才能開溫泉旅館，進而向各公會疏通。

瑟莉姆吞下一口緊張似的閉上嘴，說道：

「我們挖溫泉的地方挖到了礦石，所以先拿去請人鑑定。」

礦石。

羅倫斯感到缺少的最後一個齒輪終於拼了上去。這樁繞著許可證打轉的怪事中，該填滿缺口的就是礦石。

「所以妳哥哥怎麼了嗎？」

米里心裡八成有數，但仍先冷靜地問。

「在公會的人要求下……帶他們去修道院遺址了……」

「你們挖到的是什麼礦石？能夠讓公會的人特地在慶典之中出遠門，應該很貴重吧？」

「我、我也不懂，只曉得如果可以賣到好價錢，可以當作開旅館的資金，所以就請鎮上的人鑑定了。只是哥哥他們說，那說不定只是鉛……」

「鉛？」

那是到處都有的金屬，一點也不稀奇，不值得公會成員上門逼問。

米里的表情是這麼說的。

但是，羅倫斯不一樣。

行商時期的記憶重現腦海。

「鉛礦裡，有時候會包含豐富的貴金屬。」

他繼續對轉過頭來的米里說：

「例如金，或是銀。」

米里睜大了眼。假如山上挖出那種東西，事情肯定會鬧大。

尤其是銀最棘手。如同公會成員湧入阿朗房間要他帶路那樣，情況非常危急。

這地區到處是高山險阻，所以過去各地權力從未經過武力統一，卻以銀幣達成了經濟統一。

想想兌換商公會會長說過的話吧。

如今，銀在這地區已經是甚至能左右權力的武器之一了。

要是發現了武器會泉湧而出的地方，當權者會怎麼想呢？

「那麼，當初那些修士就是一邊向神祈禱一邊挖礦的嗎……」

「這樣就能解釋他們為什麼在深山裡還要用石頭蓋修道院了。可以藉口說挖洞是為了挖掘建設用的石塊，並不是在挖礦；而挖出來的銀經過煉製，鑄成儀式用的燭台或徽記以後就能瞞天過海地運出去。」

「可是，你說銀？這個銀嘛……」

米里扶著額踉了一蹌，但很快就站直問：

「妳怎麼知道要來這裡？」

並突然改變問題方向。

「還有，來這裡是想求什麼？」

瑟莉姆的表情慌得連旁人都為她緊張，不過她最後也不負那雙粗糙的手，堅強起來說：

「我、我們從腳步聲就能大概聽、聽出對方的來意。」

因為他們就是過著這種生活吧。既然都是狼族，聽力應也和赫蘿相當。

「我馬上就躲進床裡的麥草束，然後哥哥要我找機會來找米里大人。說是我們可能踩到了一條不能踩的尾巴，米里大人一定有能力救這個急……」

即使那想法偏向一廂情願，或者太過天真，但也可以稱作「信賴」，阿朗多半就是這樣的人吧。認為同樣是非人之人的米里一定會出手相助，假如自己是米里也一定會幫忙。

但是，米里凝重的神情絲毫不改。

「我再問妳一件事，你們來這裡之前真的都不知道礦石的事嗎？」

米里的視線尖銳得彷彿要射穿瑟莉姆的眼，嚇得她倒抽一口氣。

這讓羅倫斯想起從前談生意時的對話。在那個無法輕易相信任何人，也不該那麼做的乾枯世界裡，就是充滿了這樣的空氣。

米里最怕的是他們佯裝無知旅人，其實是想私自開發礦山吧。非人之人並不全是一身傲骨，不願作人類的手下。單純因為是同類就幫助他們，說不定會將整個鎮導向毀滅。

這時，第三者說話了。

「她說的是實話唄。」

是赫蘿。

「要是她那樣是在說謊，咱這對耳朵就該縫起來再也不用了。」

赫蘿摘下兜帽秀出獸耳，輕輕抽動兩下。赫蘿的耳朵，可以分辨謊言。

「再說，要是他們想挖金子銀子，有什麼不可告人的祕密，怎麼會拿挖出來的東西請人看呢？那豈不是昭告天下說咱在尋寶嗎？」

所以不可能。而且，那是只要擁有足夠工具或知識，就能自行鑑定的東西。假如明知就是要挖礦，一定會做好相應的準備。

「至於那丫頭的哥哥帶鎮上的人到工地去……嗯，應該是不得已的唄。一堆人衝進房裡來當面要人帶路，哪有辦法拒絕呢。」

聽了赫蘿的話，瑟莉姆僵硬地點點頭。

「可是，咱聽說挖洞的那地方路況很糟，所以也有可能是為了爭取時間唄。就算鎮上那些人聽到有礦就變了臉，在確定山上挖得出多少寶藏之前也不會出手才對。反過來說，那個叫阿朗的看來也發現了自己踩了條危險的尾巴，但也知道輕舉妄動只會讓事情更麻煩，所以決定爭取時間，找對的人求救。這樣的判斷，已經很不錯了唄。」

「扣除誰來收爛攤子這點之外，是很不錯。」

被當作救星的米里憤憤地嘆息。

「從狀況來看，八成是挖到銀了吧。現在要我怎麼跟不懂狀況的人解釋，在這裡挖到銀是多麼嚴重的事？而且地主還不是這週邊的權貴，是教宗本人啊！」

米里的長髮長鬍鬚，彷彿都在怒氣的鼓動下震顫起來。

羅倫斯見瑟莉姆自責得淚水在眼眶裡打轉，便插嘴道：

「德堡商行能替我們居中協調這件事嗎？」

會說在這裡挖出銀礦事態嚴重，是由於如今發展得有如小國的德堡商行，正是藉由發行銀幣來維持權力。

假如其勢力範圍內有外人擅自挖掘銀山，又拿銀礦發行貨幣，擺明是公然侵占領土。

而且發行貨幣總伴隨龐大利權，德堡商行對於用來鑄造銀幣的銀控管得非常嚴格，兌換商公會會長也時常為缺銀幣發愁。

然而，事情也可以反過來處理。若將土地賣給德堡商行，別說擺臉色了，他們還會笑嘻嘻地買下來吧。

所以，應該當作公會成員們也知道有這一步，才會突然變了一張臉，急著要脅阿朗帶他們到挖掘現場去。這樣比較妥當。

但米里卻嘆得像個地獄深淵的怨靈，說道：

「許可證是教宗發的。那裡挖出大量銀礦的消息遲早會傳進他的耳裡，憑這一點要引起戰爭是綽綽有餘。」

許可證上的文字，並不是神的意旨。

大商行遭到王公貴族藉戰爭之故強行借款，最後因賴帳而破產的悲劇，已經不曉得發生過多少次。

「那麼，我們該怎麼辦才好？」

米里呻吟似的說：

「實際上能做的……只能請德堡商行收購銀礦，再把這筆錢進貢給教宗。這樣應該就沒事了吧。」

教宗是教會大本營的首領，儘管權威不比當年，但仍握持世上少有的重權，而且這一帶也有敵視德堡商行的人。所謂敵人的敵人就是朋友，他們說不定會刻意煽動對立，借教宗的刀痛宰德堡商行。

一旦戰爭爆發，斯威奈爾無疑會淪為主戰場之一。

這對於一心護城的米里，以及必須仰賴斯威奈爾補給物資的紐希拉居民而言，無疑都是最壞的結果。

在沉重氣氛壓制整個房間時，一道格格不入的細小聲音傳來。

「請、請問……」

是瑟莉姆。

「我、我、我們到底該……怎麼辦……才好……」

他們是心中燃起一股希望才從南方遠道而來，不抱任何惡意，事先也不曉得山上能挖出什麼東西。況且挖礦這種事，求銀而來卻賠了夫人又折兵的例子可是十之八九。就這點來看，可說是幸運過頭而成了詛咒。

「不能怎麼辦。既然要分錢給教宗，採掘規模不大一點根本划不來，沒餘力讓你們慢慢搞什麼溫泉旅館。」

「不、會吧……」

實際上，他們就算被認為是給此地招來禍害的元凶也不奇怪。沒提到這點，是米里所能給予的唯一安慰吧。

瑟莉姆粗糙的手緊抓著自己的衣服。

「你們至少還能在礦山工作。只好靠挖礦存些錢，另外找個地方安頓了。」

都跟鎮上各公會打點好，只差挖出溫泉了。夢想離指尖愈近，破滅的失落就愈大。瑟莉姆腿一軟就當場癱坐下來。

米里什麼也沒對瑟莉姆說，只是稍微瞇起了眼。

「總之得先向德堡商行知會一聲才行，最好是勘場的人回來那時，德堡的幹部也都到齊了。絕不能讓眼裡只有錢的傢伙有時間搞鬼。」

米里這麼說的同時，確認程序似的依序注視在場每個人。羅倫斯、瑟莉姆，最後才是赫蘿。

「……把咱當傳聲筒啊？」

「妳知道妳吃的糖漬花要多少錢嗎？」

原本滿滿一盤的糖漬花，曾幾何時已一片不剩。

「再說，妳和德堡商行的兔子閣下比較談得來。」

德堡商行的帳房同屬非人，是兔子的化身。羅倫斯一行曾和他們一起逃進這鎮上，共商再起之計。

「真是的……難得上街一趟，怎麼會遇到這種倒楣事。」

「請、請先等一下。」

赫蘿不甘不願地答應時，愣到現在的瑟莉姆插嘴說：

「這種事就給我做吧。」

「嗯？」

赫蘿歪起了頭，但對象不是瑟莉姆，而是米里。

米里不知是天生就那樣，還是身為掌權者的他已慣於以冰冷態度下判斷，面無表情地垂視瑟莉姆。

「如果妳只是因為覺得自己有責任就接下這個工作，那我拒絕。妳在德堡商行一點信用也沒有，要是節外生枝就糟了。」

無謂的同情，對任何人都沒有好處。

可是如此一來，等於是完全隔絕瑟莉姆在外。即使過去只是一介旅行商人，羅倫斯也深明被社會屏棄的感覺。

全都是時也命也，沒有誰對誰錯。

「然後賢狼赫蘿，我需要妳先去見阿朗一面，要他盡可能拖延時間。你們都是狼，應該有辦法暗中聯絡吧。」

「還真會使喚狼。」

赫蘿發發牢騷，離開椅子站了起來。

「再來呢？像汝這樣難搞的人，不是沒事就愛寫點東西嗎，要是有信給咱帶去就趕快弄一弄唄。天都快黑了呢。」

「我馬上準備。」

米里一腳就跨過癱坐在地的瑟莉姆身旁，離開貴賓室。

他對誰都是一樣地冷淡，唯一重視的就只有這個鎮而已。

「站得起來嗎。」

直到羅倫斯無奈地伸出手，瑟莉姆才終於回神。

接著想起急迫而來的現實般，眼裡的淚水愈堆愈高。

要人收起淚水是件極為困難的事。見到她嗚咽痛哭，羅倫斯才發覺她是多麼年輕的女孩。他們懷的是與其年紀相應的純真夢想，一心相信只要堅持走下去，前方一定有光芒。

「好了，一個女孩子家別在這種地方哭。」

瑟莉姆外表看起來，也只是和女兒繆里一般大。羅倫斯不忍地抓著肩扶起她，引來赫蘿一陣瞪視。當然，那八成是故意的。

「妳沒有做錯任何事，許可證也不會平白被人拿走吧。」

如米里所言，倘若真的開了礦坑，也是一種籌措資金的方法。

只是無論如何，日後等著他們的依然是漂泊無依的生活。

「或者……」

羅倫斯嘴動到這裡就啞了口。能在自家溫泉旅館工作的人數有限，容納不了他們全部，到頭來也只能救急，不是長久之計。假如口袋裡有大筆資金，倒是能考慮借給他們在紐希拉深山裡也開一間溫泉旅館，問題就是沒錢。

很遺憾，世上多得是明知如何解決卻無可奈何的事。

因此傳教士才需要一而再再而三地向人們訴說聖善生活的美好。

「我也去幫妳問德堡商行的人，看那邊有沒有不會讓你們離得太遠的工作。」

有了繆里之後，羅倫斯理解到年輕的淚水能像珠串一樣地掉。

瑟莉姆也滴著礫石大小的淚珠，看著羅倫斯。

希望她沒有半句怨言單純是個性使然，並非因為過去任何希望之光都像這樣幻滅而使得心已枯死。

「謝謝你、幫我們、想辦法……」

瑟莉姆沙啞地道謝，垂下眼睛。

此時此刻，羅倫斯也只能拍拍她的肩。

接著對赫蘿使個眼色便離開房間，讓她一個人靜一靜。

「呼……」

在走廊嘆息的不是羅倫斯，而是赫蘿。

「真的沒其他辦法了嗎？」

她以忍受痛苦的表情，望著關上的門後。

雖然她態度一直是事不關己，實際上卻是比羅倫斯更重感情。在場最想找個辦法解救他們的，肯定是她。

「沒有了吧，除非有奇蹟。」

這個世界無邊無際，而無論走到哪裡，腳下土地都會有個主人。

「奇蹟是唄。」

赫蘿喃喃地這麼說，吸進一大口氣。

「汝啊，要是咱和人類作對，汝會生氣嗎？」

回答得太馬虎，可是會被赫蘿瞧不起的。再說，信賴赫蘿的羅倫斯心中早有定見。

「假如妳與我為敵、破壞我重視的東西，那或許會吧，可是妳絕對不會那麼做。所以直說吧，有什麼點子啊？」

「……汝有時候腦筋特別靈光，真討厭。」

就當那是稱讚吧。

「咱雖創造不了奇蹟，但奇蹟的相反倒還弄得出來。」

然而，赫蘿卻異想天開地這麼說。

「奇蹟的相反？」

「就是詛咒嘍。」

在日暮西山的這個時刻，屋裡已相當昏暗。

牆角邊、櫥櫃旁，到處都是妖魔能夠潛藏的陰影。

「咱想起了一個童話故事。有一群貪心的人，在嚮導的帶領下前往寶藏的所在地。可是，這個原以為是老實人的嚮導被火堆照出的影子上，居然有長長的獠牙。」

怎麼聽都像是編來嚇唬小孩的故事，卻讓羅倫斯不禁僵著臉笑。

若在平時，他或許聽聽就算了。

但仔細想想，現在這狀況簡直就像這類童話化作了現實一樣。

「就說上了那座山，沒人可以全身而退；寶藏的傳聞，其實是惡魔散播的；從前的教士，就是害怕惡魔才跑光的唄。」

這麼一來，人類就不敢接近那座山，銀礦的事也會不了了之。

要是有哪些不怕死的大膽狂徒還敢上山，就會遭到狼群的圍剿。

而且是大得要抬頭仰望，能輕易生吞一個人的巨狼。

「沒用的。」

聲音在走廊冷冷響起。

「現代人不怕森林的黑。」

米里捏著尚未捲起的信箋搖了搖，用來吸墨的沙嘩啦啦地散落。

「如果只是在森林裡跑來跑去，咬咬屁股就跑，下一次人來的時候就是帶著整車的沸油跟火把滿山放火，把可怕的東西跟森林一起燒個精光。」

惡魔與精靈所棲息的黑暗森林，將就此暴露在光明底下。

「這個鎮，不時會來幾個阿朗他們那樣的南方佬。他們沒有足以在人類社會生存的才學，更沒有可以安居的藏身之所。會百般無奈而來到北方尋求活路，只是認為這裡還有化外之地罷了。」

有是有，但環境全都非常嚴苛，和森林結實纍纍，遍地有野蜜可採的溫暖南方大不相同。

「假如他們當初是扮成修士來到這裡，或許已經成功了吧。在所謂的聖域，人們對修士都有一定的敬意。」

人生路上總是會有許多選擇，但從來沒人能夠事先知曉怎麼選才有最好結果。

而且假扮修士並不容易。由於斯威奈爾是個會盛大慶祝守護聖人復活節的城鎮，倘若一度廢棄的修道院來了一批新修士，肯定會引來大群虔誠信徒上山參拜，謊言遭拆穿只是時間問題。

「好了，墨也該乾了，替我送給德堡那的希爾德吧。狀況跟大略計畫都寫在裡面了。」

米里捲起信箋，用特異的細繩捆束。

「汝真是復古啊。」

見到赫蘿苦笑，羅倫斯才發覺細繩應該是米里的頭髮。

「封蠟容易凍裂，這也是最好的親筆證明。」

「的確是。」

「我派輛馬車送你們出城。」

米里辦事的明快節奏之間，沒有一絲感傷或拖沓。

最後誰也沒有再提瑟莉姆的事，羅倫斯出了廳舍就坐上米里備妥的馬車駕座，握起韁繩。

天空早已夜幕低垂，鎮上卻染滿殷紅。

星布的火光不是篝火，而是烤肉的火。

「好香啊……」

赫蘿嘴上這麼說，但語氣不帶感情。

也許是對於拋下瑟莉姆他們不管仍有排斥。

「回來以後，想吃多少有多少。」

羅倫斯也配合她應話。

隨著年紀漸增所學到的，大致上就只是凡事都有可行與不可行之分，以及怎麼厚起臉皮裝瞎兩件吧。

兩人沒有多作對話，馬車就此緩緩駛過鎮中央。

途中出現在道路彼端的廣場上到處是通明的火把，巨大的聖人像矗立在中央。

「拜那個是要保佑什麼呀？」

「我也不清楚，多半是驅除病魔或抵禦外敵吧。慶典最後會燒掉那座聖人像，代表聖人代替我們向神獻身。燒完以後，人們會感恩地掬一把灰，埋在城牆腳下。有這種傳說的聖人還不少，可能古代真的發生過那種事吧。」

搭聖人像時，羅倫斯聽了鎮民不少講解，知道這類慶典相當普遍。

「當聖人也真累，死了化成灰也還要為老百姓做牛做馬。」

「能先化成灰還算不錯吧。有的遺體風乾以後還會擺在知名大教堂裡，每天都有巡禮的人在旁邊祈禱，根本沒辦法好好睡覺。」

「一年讓人崇拜個一次，還算好了唄……」

赫蘿這麼說之後，盯著羅倫斯瞧。

「如果妳要那樣珍藏上千年，不如一口吃了我。」

赫蘿咧開嘴嘻嘻竊笑。

「話說回來，會有這些祭典是因為巡禮聖地真的很賺。這個鎮的一開始就知道是假貨倒還好，其他地方多得是號稱真身的聖人遺體。」

「嗯？是怎麼分出真假的呀？人都死得剩一把枯骨要怎麼證明？」

「很簡單啊。像聖阿比洛斯有五條手、聖女赫蕾絲有兩個頭，最好笑的就是殉教徒路迪翁了，整整有三副遺骨，而且大小都不一樣，說是幼年期、少年期和青年期的遺骨。」

「嗯？這哪裡奇怪呀？」

聽赫蘿不解地問，羅倫斯還以為赫蘿在逗他呢。

「……人又不像蝦子或螃蟹那樣會脫皮，一個人哪會有那麼多副骨頭啊。」

「啊！」

看來她是真的沒想到，羞得猛敲羅倫斯的手。明明她才是腦袋接錯線耍笨的人。

「其實當地人一開始都不信，隨著時代慢慢變遷才信以為真的吧。所以呢，鎮民們捧著那些灰在牆腳下埋著埋著，也就真的以為底下曾經有過聖人的骨灰了。」

「人類還真傻。」

赫蘿不知是唏噓還是覺得人類的傻處有點可愛，想起昨晚的有趣夢境般瞇起眼柔柔一笑。

「不過呢，既然人類那麼傻，不如就利用一下怎麼樣？」

「利用？」

「譬如掰個理由，把山上的修道院弄成所謂的巡禮聖地就行啦。」

羅倫斯會驚訝地注視赫蘿，不是因為她的想法粗糙，而是沒想到她仍未放棄幫助瑟莉姆他們。

於是他拉扯韁繩停下馬匹，赫蘿也沒問他為什麼。

「我是可以拚命工作存錢，蓋新旅館僱用他們啦。」

「假如存得到那麼多錢，汝一定會那麼做吧。」

赫蘿也不是傻瓜，不會不懂蓋新館需要花費多少錢財和時間。

「赫蘿……」

「抱歉，咱開玩笑的。只是想找個藉口。」

說服自己已經努力過了，只怪造化弄人。

羅倫斯無言以對時，赫蘿堅強地擠出笑容說：

「發車唄。咱至少還知道現況該怎麼做。」

為了避免與教宗發生紛爭，必須請德堡商行居中協調，並勸阿朗和瑟莉姆他們放棄原來的夢。自己繼續開心過節，回紐希拉去。這樣大家都不會出事。

可是米里也說了，他們很像十多年前落難的羅倫斯一行。

當時，羅倫斯在最後的最後抓住了幸運。

事後無論怎麼想，都只能說是運氣好。若非用盡所知，且在最後靠赫蘿畫下完美句點，即使知道方法也執行不了。

純粹是運氣好。

而阿朗他們沒有幸運女神眷顧。

「我是真心希望巡禮聖地的點子可以成功。」

羅倫斯重握韁繩，往馬臀抽一鞭。

「……」

赫蘿沒轉頭，靜靜頷首。

「就算路況差——喔不，正因為路況差，才會引來更多巡禮客和更多捐獻。要是再附設個旅舍，客人一定是一批一批地來，比經營溫泉旅館輕鬆多了。該注意的就只有聖遺物展示品的防盜措施吧。」

馬車愈往城牆走，人影也愈稀疏。

「既然不是溫泉旅館，和紐希拉就沒有利益衝突，再說巡禮客搞不好還會在回程上順道去紐希拉走走呢。這樣大家的生活都會更好吧。」

在食物或酒的調度上可能會有點摩擦就是了。羅倫斯補充道。

「不過，難就難在該怎麼讓編造的聖遺物獲得教廷認證，溫泉旅館就沒有這種問題了。一池溫泉擺在那邊，假也假不了。」

沒落的城鎮若想起死回生，必定都考慮過如何獲得巡禮聖地的認證。

「基本上，那需要教廷中樞──至少要大主教的認定。而想得到這種層級的認定，要嘛就是證明那是真正的奇蹟，不然就是堆起等同奇蹟的金塊送上去。」

畢竟巡禮地必定賺錢，自然需要對等的代價。教會就是老是在幹這種事才會失勢吧。

「哎，咱能做的頂多只有騙小孩的把戲而已。」

赫蘿是寄宿於麥子的狼之化身，掌管麥作豐歉。過去曾露過一手，將麥穀直接變成麥穗。

「如果情況合適，變出麥穗也不壞啦。」

只是那個地方天寒地凍，種不出麥子，那樣反而奇怪。

「再來就只有吃相堪稱奇蹟了吧。」

「大笨驢。」

赫蘿踩了羅倫斯一腳。

並且牽手似的踩著不放，問道：

「咱露出真面目也不行嗎？」

「只會嚇死人吧，和奇蹟打不著關係。」

赫蘿打光了手上的牌，卻沒有一張奏效，馬車也抵達城門口了。

只好屈就眼前的現實。

「出去以後先往沒人的地方走吧，還要把脫掉的衣服綁在脖子上呢。」

「德堡商行那個鎮不是沒有城牆嗎，不需要變成人再進去唄？」

「希爾德先生是兔子的化身耶，不想見到半夜有狼站在床邊吧。」

「嗤嗤嗤，那倒是。」

「這是個苦差事，拜託妳嘍。紐希拉的存續就看妳了。」

「包在咱身上。」

才剛拿米里發的通行證出城門，感覺就突然冷了很多。城牆內外簡直兩種世界。

「話說你們卯起來跑的話，真的一晚就能跑到雷斯可的德堡商行啊？以人類腳程日夜趕路也得花上三天呢，那也是一種奇蹟。」

「嗯，他們乾脆去當旅行商人算了。只要把貨物背起來跑，肯定送得比誰都快。」

羅倫斯才剛覺得真的行得通，卻又恢復冷靜而搖頭。

「人家反而會問貨是怎麼送的吧，那樣只會被懷疑用了巫術。正常人不可能用那種速度往返各個城鎮嘛。」

「人類社會還真麻煩。」

赫蘿像是覺得周圍已經沒人，邊說邊脫起衣服。

羅倫斯姑且紳士地轉開視線，眼睛不經意地停在城牆上。

牆邊以相等間隔打下了許多小木樁，有如小小的墓碑，守護聖人像的灰燼多半就埋在底下吧。

所幸那不是真正的聖人骨灰，不會有聖人一臉疲憊地坐在墓碑上苦守城牆，也不會因為每年都要挖洞埋新灰而嗆得猛咳。

「哈哈。」

就在想像如此情境而失笑的那一刻。

羅倫斯彷彿看見瑟莉姆坐在墓碑上眺望著他。

「汝怎麼啦？」

正要脫下內衣的赫蘿發現羅倫斯不太對勁。

他正拚命思考自己剛看見的幻象有何意義。

坐在墓碑上，不該存在的聖人身影。
這也是教會講經時常見的一類。
而其中最多的一種，就是盜墓。
「……赫蘿。」
羅倫斯目不轉睛地盯著墓碑，緊張地吞吞口水說：
「我有話想跟妳說。」
「什麼話？」
聲音來得很近，讓羅倫斯嚇了一跳。
轉頭一看，原來赫蘿就在耳邊說話。
「好久沒見到汝那種表情了。」
赫蘿瞇起雙眼，開心地搖著尾巴。
「……這可能不太符合妳的期待……說不定，還要做會惹妳生氣的事。」
「哼嗯？」
赫蘿發出質疑的聲音抽動耳朵，那是要他儘管說的意思。
羅倫斯在腦內重新架構整個計畫，並加以反芻。
這應該行得通，但某部分可能會招致赫蘿的不滿。

於是他娓娓道出剛想到的荒唐計畫，並在來到那個敏感部分時這麼說：

「如果我爬上別的女人，妳會生氣嗎？」

赫蘿明顯將笑容擠得更大。

接著說道：

「咱可是全心全意地相信汝呢，當然不會為了那種小事就發火呀。況且，咱還有銳利的眼睛和耳朵呢。」

當然還有一口銳利的牙吧。

不過，那種說法也是同意的象徵。

「好唄，在這計畫裡也的確只能那樣了。」

「妳就繼續執行米里先生的計畫吧，我這個還不曉得行不行呢。」

「哼。咱偶爾也想自個兒自由自在地跑一跑。」

赫蘿脫下最後的內衣，刻意往羅倫斯用力一扔就光溜溜地跳下馬車。

「來，還不快讚美兩句。」

一點也不知羞。

反倒是一副很冷的樣子。

「讓人想起從前啊。」

赫蘿詫異地睜大眼睛，緊接著咯咯發笑。

『大笨驢。』

下一秒，赫蘿已恢復巨狼之身。

『衣服。』

羅倫斯趕緊折好脫得一地的衣服，全用繩子串起。這段時間，赫蘿像隻大狗般不斷用鼻子頂他的頭。

「拜託妳啦。」

在赫蘿頸子綁好衣服後，羅倫斯再度囑咐。

狼的雄偉銳眼跟著往羅倫斯一轉。

『汝也是。』

赫蘿昂然站起，望向地平線。

『假如那些笨驢真的能給狼群建一個小村，那麼守護聖人的名字也已經定好了唄。』

即使滿口獠牙，也看得出她在笑。

且不等人答話就一陣風似的疾奔而去。

當羅倫斯撥完多半是故意用後腳踢起的泥土，她已不見蹤影。

「真是的……」

即使埋怨，嘴上仍帶著笑。

看赫蘿那麼期待的樣子，要是讓她空歡喜一場，不曉得會被修理成什麼德性。

「好，來創造奇蹟吧！」

羅倫斯大聲為自己打氣，跳上了載貨馬車駕座。

一回到市政廳，羅倫斯就立刻求見米里。

他的計畫，讓米里聽得眉頭深鎖。

但鎖歸鎖，並沒有表示否定。

「這麼一來，不僅可以壓下德堡商行的聲音，也給教會作足面子，阿朗他們也能好好過活。」

這的確是當前唯一能皆大歡喜的辦法。

「……試試看其實也……沒什麼損失？」

「最壞也只是讓大主教覺得被狐狸擺了一道而已吧。」

「嗯……」

米里陷入沉思，鼻息吹得鬍鬚搖搖晃晃。

「虧你能想到這一招。商人都是這樣做買賣的嗎？」

「我不是商人。」

羅倫斯聳肩而笑。

「我只是個在紐希拉這個陰陽交界混飯吃的溫泉旅館老闆罷了。」

米里不敢恭維地搖搖手，回去辦公。

羅倫斯隨即前往瑟莉姆下榻處。開門後，只見瑟莉姆蠟燭也不點地坐在床上。多半是聽見羅倫斯響亮的腳步聲，已經準備好接受任何處置。

「我有一個計畫，說不定能讓這件事圓滿結束。」

也許是因為在那種心理狀態下又事出突然吧，瑟莉姆連驚訝的樣子也沒有，只是懷疑地抬眼看著他。

「只是那可能和你們原來的夢想有點差距，還請見諒。」

下了如此前提後，羅倫斯開始說明。

瑟莉姆原本還一臉狐疑，但在明白羅倫斯想做什麼之後目光截然一變。

很快地，羅倫斯說出最後一句話。

「少了妳，這個計畫就不可能成功。」

於是她奮然起身。

「瑟莉姆在所不辭。」

說話的，已不是個偷偷啃草的羊。就算是羊，也是在那圈泥地裡逃到最後那頭勇猛的羊。
瑟莉姆總歸是一匹狼，一旦鎖定目標，表情絕不在赫蘿之下。
「但是有一件事，我必須先跟妳確認。」
「請說。」
羅倫斯清咳一聲，問道：
「那個……妳會介意讓我騎在背上嗎？」
瑟莉姆畢竟是個年輕女孩，好歹得先問一聲才不至於失禮。
「……只要赫蘿小姐不介意，我是沒問題。」
「應該是不介意吧。」
「呵呵，那就沒問題了。我一定會平安送您到雷諾斯。」
「我只是陪襯而已，到了雷諾斯，主要還是得看妳的本事。」
接獲重大責任，似乎讓瑟莉姆非常高興，露出這年紀女孩的笑容。
「只是扮演陰沉修女的話，我有自信能扮得很好。」
原來她也是一個可以這樣歡笑、幽自己一默的女孩。
羅倫斯點點頭說：
「真不知道該不該誇妳呢。」

瑟莉姆又嗤嗤地笑，接著大口吸氣。當她緩慢吐息時，臉上已是畢生從沒笑過似的修女表情。

「多年以前，山上有一座修道院，院中的墓地正遭人破壞。我名叫瑟莉姆，一個安息之所遭人侵犯的修女。」

完美無缺。

於是羅倫斯帶著瑟莉姆再度出城，這次完全背對著她，讓她更衣。

等到她說「可以了」而轉身，見到的是雖比赫蘿小兩圈，但依然大過人類，一身璀璨銀毛的年輕母狼。

『……見到人不怕的樣子，感覺還真奇怪。』

「因為我家那隻更可怕嘛。」

雖然氣質差很多，狼的笑臉倒是挺像的。羅倫斯不禁懷起如此感慨。

接著背起米里準備的信函、修女服以及瑟莉姆的衣服，騎到銀狼背上。

『坐好，要出發嘍。』

旋即化為疾風。

以狼的腳程，前往毛皮與木材大鎮雷諾斯也得花費整整兩天，人來走可得有用上十天的準備。遍及各地鄉野的教會組織在那裡設置了一名大主教，位高權重。只要他點頭，連鯡魚的腦袋都可以有神性。

羅倫斯的計畫就是派瑟莉姆潛入大主教臥房，在枕邊向他「託夢」。說自己是修女瑟莉姆，獲得神的祝福後長眠於遙遠的北方深山。因信仰堅貞而蒙主寵召之後，遺體在神蹟下化作銀塊。森林野獸對銀不感興趣，多年來不曾侵擾，然而貪心的人類就不同了。所以瑟莉姆眼看墓地破壞在即，便來請大主教奉神之名出手相助。

化作狼的瑟莉姆應該能輕易越過城牆，潛入大主教住處吧。

忍了兩天冷風，羅倫斯終於抵達睽違已久的雷諾斯，帶著點到為止的懷舊之情前往目的地。大主教就睡在大教堂邊金碧輝煌，可比貴族別墅的宅邸裡。

在細如狼爪的昇月下，羅倫斯目送瑟莉姆消失在宅邸庭院中。

翌日，羅倫斯裝成一個驚惶的旅行商人，上大教堂敲門了。說自己昨晚作了個夢，有人要他護送大主教到斯威奈爾……

分不清昨晚經歷是夢是實的大主教，就連小指尖那麼點的懷疑也沒有吧。他立刻將羅倫斯視為神的信使予以厚待，拋下所有公務就整裝出發。

當大主教快馬加鞭趕到斯威奈爾時，職掌北方銀山的德堡商行一眾，以及手握教宗許可證挖溫泉而發現了銀礦的人們一個也不少地全在那裡，而且正為銀權吵得臉紅脖子粗。

大主教自以為知道銀礦從何而來，便面色鐵青地介入仲裁。

慢著，不准碰那些銀！那些銀是蒙主寵召的聖女啊！

而這一句話，也昭告了名為巡禮聖地的新觀光名勝之誕生。

既然確定這片土地發生了聖女奇蹟，獲聖女託夢的大主教絕不可能等閒視之。如此一來，鎮民再怎麼貪心也動不了銀礦；不能開礦，德堡商行也不必爭得齜牙咧嘴。

當人潮湧入而帶來商機之後，就能開個旅舍，作點小生意了。

「明明有四個角，最後還是磨得圓滾滾的了呢。」

赫蘿難得如此讚嘆。

「這都是因為妳願意堅持到最後呀。」

那並非謙虛。相信路的盡頭一定有驚人事物等著，令人迫不及待的時代早已過去。帶來安定的同時，也產生了只能聽天由命，近似拋開夢想的傷感。

若在十多年前的旅途中，羅倫斯八成會比赫蘿更掛念阿朗他們吧。從而在圍繞銀礦的利益糾紛嗅到賺錢的機會，也往這渾水裡跳，並在這過程中不忍心見到瑟莉姆被當外人而棄置一旁，伸出援手收留了她，結果和吃味的赫蘿吵得天翻地覆……之類的事不難想像。

關於最後一部分，賢狼赫蘿大人至今都還沒給出正式許可。

「話說，那個小丫頭騎起來感覺如何呀？」

還笑咪咪地說這種話。

而且，羅倫斯是躺在床上。赫蘿拉了張椅子坐在床邊，手捧著盛了粥的碗，用湯匙舀了粥送到他嘴邊。

羅倫斯抓著瑟莉姆的背前往雷諾斯，也在計畫中扮演了成功的角色，但最後仍敗給了歲月。才剛在祭典用盡力氣弄得一身泥，馬上又在前往雷諾斯的路上吹了整整兩天寒風，還陪大主教趕了近一星期的路，這年紀的身子骨怎麼也耐不住這樣的強行軍。

於是在斯威奈爾見到計畫成功後，他就發著高燒病倒了。

在呻吟三天三夜，燒總算退了那天——

「她的毛是銀色的。」

「喔？」

赫蘿呼呼吹涼匙裡的粥，確實地送到羅倫斯嘴邊。

「體型大概比妳小兩圈吧，不過還是比大牛大一點。」

「嗯。」

「老實說，我也不知道她跑得快不快。」

赫蘿再舀一匙粥，呼呼地吹。

「還有嗎？」

聽她這麼說，羅倫斯才終於發現——

赫蘿想找機會發脾氣。

「我想想……可能是因為年輕吧，毛軟綿綿的——唔嘎！」

話沒說完，嘴裡就插了根湯匙。

赫蘿依然笑咪咪地，捏著羅倫斯嘴裡的湯匙轉來轉去。

羅倫斯好不容易跟上動作，撐到她放開湯匙為止。

因為他知道赫蘿為什麼想發脾氣。

「我也沒厲害到事先就什麼都預測到嘛，光是能想到怎麼磨掉四個角圓滿收場，就謝天謝地嘍。」

至於磨掉的角該怎麼辦，就顧不到了。

赫蘿直勾勾地盯著羅倫斯，毛茸茸的尾巴一左一右大幅慢搖，彷彿是狼在為無論獵物往左右逃都能立刻反應作準備。

不知經過多久的沉默，赫蘿慢條斯理地從羅倫斯手上拔走湯匙，舀粥呼呼吹涼。

然後自己吃掉。

「大笨驢。」

不過這一口之後，她又慢條斯理地餵起羅倫斯，看來不是真的生氣，要是搞混了才會真正發火吧。多半和狗在宣示地盤有點類似。

「既然那個小丫頭被拱成了聖女，就不能若無其事地在巡禮聖地的旅舍工作了唄。」

這麼一來，瑟莉姆就得單獨另尋出路，而身邊剛好有間缺人手的溫泉旅館。而且那間旅館還需要一個知道女主人有獸耳獸尾也不驚訝，工作勤奮的員工。

那麼，赫蘿當然不會不知道該怎麼辦。

不過，就像羅倫斯懂赫蘿一樣，赫蘿也知道羅倫斯心裡怎麼想。

「汝就是喜歡那種薄命的弱女子唄？嗯嗯？」

赫蘿這次沒吹涼，將一整匙熱騰騰的粥湊到羅倫斯臉旁。

雖然俗話說夫妻吵架狗不理（註：指夫妻吵架原因有大有小，連狗都沒興趣，外人少多管閒事），但這時候可沒有不理的份。

「這樣說的話，妳不就……好燙！啊呼！」

羅倫斯急忙抓起擺在床頭的啤酒。

赫蘿沒多理睬，湯匙一轉就直接送進自己嘴裡吃了起來。

「咱就這麼可愛地吃起醋來啦。」

「……真是熱情如火啊。」

雖然沒燙傷，嘴還是辣辣的。

接著，羅倫斯對嚼著粥的赫蘿說：

「謝謝妳替我看護。」

赫蘿的獸耳倏然高豎。

「別太謝咱了，咱可是賢妻良母的典範呢。」

「一點也沒錯。」

這三天，她一定是急壞了吧。所以當羅倫斯終於清醒卻一開口就是喊餓，才會讓放下心頭重擔的她燃起一把無名火。

明明人稱賢狼，什麼事都能運籌帷幄，唯獨感情有時就是控制得不太靈光。

不過，羅倫斯對她難以捉摸的脾氣倒也甘之如飴。

「好想趕快回旅館去啊。」

結果赫蘿自個兒吃掉了半碗粥，滿足地吁口氣後說：

「別急，反正接下來都閒得很，汝就乖乖歇會兒吧。」

赫蘿要羅倫斯躺下，將被子拉到肩上。

「好啦，乖孩子要閉上眼睛睡覺覺嘍。」

妳當我今年幾歲啊？雖這麼想，但偶爾當個小孩也不壞。

額頭與頰上的柔情一吻，讓羅倫斯轉瞬間就墜入夢鄉。
懷著夢中也有赫蘿長相廝守的感覺。

羊皮紙與塗鴉

在這個四處山豔如火，人人忙著備冬的季節。

位處北地深山的溫泉鄉紐希拉，短暫夏日過後就只是等待冬天的到來。

風一天比一天冷，枯葉落地聲不時在心中撩起一陣淒涼。有人將它比喻為憂鬱，但我覺得那是種催眠曲，寂靜冬季來臨前打盹兒的時間。

我並不討厭這樣的季節。

「羅倫斯先生，阿爾沃村的起司都送到地下倉庫嗎？」

「啊，不好意思啊，寇爾。隨便堆一堆就好……怎麼這麼大？」

秋意深濃的這一天，紐希拉的溫泉旅館「狼與辛香料亭」正為了準備填滿冬季泉療客的肚子而忙得不可開交。僅有的兩個男丁輪流扛回鄰近聚落送來的物資，高堆的起司每個都是成人才抱得起來那麼大。

「做得愈大，能吃的部位就愈多……是這樣嗎？」

「因為外圍的硬皮味道很糟，根本不能吃嘛。所以起司輪做得愈大，沒用的部位比例自然就減少了……不過這個還真大。我看阿爾沃村村長不如直接到鎮上開起司店算了，這樣還比較賺吧。」

這些琥珀色澤的起司不僅外表晶亮，內容也飽滿紮實。

「要做得這麼大好像很不簡單。一來不容易脫水，二來容易發黴。」

「希望不會切開就發現裡面全是黴……」

「哈哈，那個村長是有專家自尊的人，不會有那種事吧。」

狼與辛香料亭的老闆羅倫斯笑著這麼說。雖然他在此開立溫泉旅館十餘年也仍被村人當作新人看待，但已十分習慣這裡的生活。

而周遊列國修習神學的我，同樣在這裡一落腳就過了十餘年。時光飛逝之快，實在教人感慨萬千。

「那麼，我就拿下去放了……希望這麼大不會壓垮架子。」

由於扛上肩也很費勁，我只好不管難不難看，當羊崽子用兩隻手抱下樓。

搖搖晃晃走到主屋後院時，聽見圍欄後浴場的喧鬧聲。

夏冬是紐希拉的旺季，冬季人潮就快湧現了。

客人絕大多數是貴族、大商行幹部或高階聖職人員，經過一整個充滿慶典等各式活動的春秋兩季後，都會來這裡休養生息。

狼與辛香料亭也已有幾組客人入住，在露天浴池悠悠哉哉地泡上一整天。

由於客人還不多，冬季會來紐希拉賺上一筆的舞者和樂師仍未上山，每間旅館都是一樣清幽。

在這樣的情況下，圍欄後的聲響實在是熱鬧得出奇。

「哇哈哈哈！加油喔！」

「來，喝酒喝酒！把氣勢拿出來！」

怎麼大白天就鬧成這樣？

而且還有馬蹄踏在石地上般的喀喀聲。

浴場裡到底發生什麼事了？

泡湯客一喝醉就容易做出意想不到的事。不過那大多是在客人多到一定程度，酒也喝掉不少，開始住膩了的時候才會發生。

於是心裡不太對勁的我，就這麼抱著沉重的起司輪走到圍欄邊，從縫隙往裡頭瞧。

「別把繩子弄斷啦！綁得夠緊嗎？」

「哈哈哈哈！盾牌！盾牌耶！居然能把盾牌……噗哈哈哈哈！」

「上吧，我們的女神！」

「喔喔！願神保佑妳！」

鬧成這樣也太奇怪了。恐怕是其他溫泉旅館的客人也跑來了。

他們一個樣地赤身裸體，揮舞手裡的啤酒杯熱切歡呼。

雖然蒸煙讓人看不清楚，但我很快就發現喀喀聲的真面目。是騾子。載貨用的騾子在池邊踱步，還有個神色緊張的少年按著牠。那是從阿爾沃村騎騾子載物資來的少年。

問題是，他為什麼會把騾子牽進浴場？

這疑問的線索，就在騾軛所繫的粗繩上。

粗繩的另一頭延伸過整個池面，吸引了眾人的目光。

「……唔、這……」

我人都傻了。那裡有個少女，高舉著手以可愛動作答謝眾人的歡呼。

她對裸男毫不介意，身上只有胸腰圍著薄薄的亞麻布。浴池沒有男女之分，這種事說起來並不稀奇，然而奇怪的是少女戴了一副厚重的手套。

「……她、她想幹麼？」

一陣壞預感猛襲而來。

接受眾人歡呼的，正是旅館老闆羅倫斯的獨生女——繆里。

今年十二、三歲，在早婚的地方嫁了人也不奇怪的年紀。若是一般人家的女兒，應該是每天都在學裁縫和烹飪，準備作個能夠扶持丈夫的好妻子或負起添丁責任的好媽媽吧。

可是繆里卻不知為何半裸著身，戴起厚手套抓著粗繩，繩子另一頭繫的是牽進浴場裡的騾

子，而且人還坐在奇怪的東西上。

我想起客人的話。盾牌？所以那是盾牌。這裡的客人地位頗高，隨從也有全副武裝的人。想到這裡再四處看看，果然發現了幾個魁梧男子表情非常擔憂地望著繆里，可見她坐的是他們的盾牌。見到那面大得能擋住一整個高大成人的盾牌後，我終於明白她想幹什麼好事。

盾上的繆里也在這一刻高喊出聲。

「預備！」

她高舉一手，有如騎士在戰場下令般高呼。接著咬緊了牙，嘴還咧到了幾乎拉到耳邊。而眼睛直往騾子瞧，騾子身旁的少年表情惶恐得都快哭了，最後在眾人的鼓譟下自暴自棄地閉起眼，將手上棒子往騾子屁股用力一敲。

「出擊！」

不確定繆里是否真的這麼說。

一切都發生得太突然，彷彿全世界都為之靜止，只有繆里坐著盾向旁滑去。在手中繩索牽引下，她連人帶盾一下子滑過池面。速度快得誇張，漂亮得令人叫絕。觀眾們大聲喝采，拋出手中的啤酒杯。「鏗！」的大聲響，是盾牌撞擊池邊的聲音。

「喔喔喔喔！」

繆里的瘦小身軀連著盾凌空飛起，但她沒有摔出去，直接帶著劃破天空的聲音著地，被騾子牽著溜過濕漉漉的石板地。場面驚人到我都出不了聲了。

直到亢奮得不得了的客人們全追了過去，我才終於回神，接著又嚇得全身發涼。
立刻丟下懷裡的起司，和客人一起追繆里。盾牌在石板地上磨出的痕跡指向堆滿枯葉的森林，然後是一整片下坡，騾子肯定一股腦地往下衝了吧。枯葉地毯上硬是拖出了一道黑土裸露的路，微微向右彎曲。

而那條路卻突然斷了。

回國後都是有頭有臉大人物的男人們，竟光著屁股在森林中又叫又跳。還有個宛如剛爬出墳墓，一身枯葉泥土的少女，在其中心哈哈大笑。

男人們合力扛起繆里，沿著坡走了回來。

笑得合不攏嘴的繆里，一見到我臉就僵了。

可是，她很快就不管我怎麼瞪，一臉若無其事地讓人們扛著走過我眼前。

心中湧起的不是憤怒，而是無力感。

才剛跟上去，「嘿咻！嘿咻！」的吆喝聲突然變成重物落水聲。繆里頭甩出水，露出清秀的臉蛋。洗去泥土與枯葉的玉額上，到處是貓抓過似的擦傷。還沒嫁人的閨女竟然破了相！

但繆里一點也不在意，揮手答謝周圍客人的熱情歡呼，游到池邊。我彎腰伸出手，她也毫不慚愧地抓住。

「嘿嘿，你看到啦？我很厲害吧？」

那天真的笑容，打從出生就沒變過。

我嘆口氣，拉起那個小瘦子。

「沒受傷嗎？」

「嗯，完全沒有。」

明明額頭和臉頰都有明顯擦傷，細長的腿也是一樣。

但那些對繆里而言不算是傷吧。

要是撥開那頭摻了銀粉般的奇妙灰髮，多得是孩提時留下的傷疤。見到繆里滿頭是血而差點昏倒的事，至今不曉得發生過多少次。

「換好衣服就到暖爐前面來。」

「咦，要幫我綁頭髮嗎？」

「我要罵妳！」

她雖被音量嚇得縮起脖子，脖子以上卻是一臉嫌麻煩的表情。

「回答呢？」

「……好～」

那對常客來說雖是常有的餘興節目，看在我眼裡可是一點也笑不出來。別說一身泥土枯葉的人平時得先沖乾淨才准下池了，我還需要排好被盾牌撞歪的石頭，然後向那個倒楣的少年鄭重道歉。

繆里像惹了麻煩的小貓，被我揪著脖子抓回主屋。她啪噠啪噠地走，路上打了個噴嚏。別看她半裸又一身濕，現在都已經是何時下雪都不奇怪的季節了。

「要穿得夠暖才能下來喔。」

「嗯。」

我目送她走向主屋再重重一嘆後，回去撿我丟下的起司。這時，繆里在門口轉身喊來。

「大哥哥！」

「……什麼事？」

繆里濕淋淋地倚在門邊的樣子，感覺有點特別。只要她淑女一點，看起來就像個被雨淋濕的可憐女孩。

「……我厲不厲害呀？」

大哥哥你看你看，我釣到這麼大一條魚耶！

和小時候天真地要我誇她的表情一點都沒變。

我錯愕過頭，不由自主地笑了。

「那個……是真的很厲害啦……我都懷疑自己的眼睛了。」
「啊哈哈，好耶！」
繆里原地一跳，進主屋去了。
毫無反省的樣子。
不過，那真的很驚人。我不會想做那樣的事，就連想都想不到。
不自覺往這裡想的我甩了甩頭。我就像哥哥一樣，有義務勸阻繆里的胡鬧舉動，把她教得規規矩矩，完好無缺地嫁出去。
「好。」
我簡單提振自己，繼續搬了會兒起司。搬完以後，我一手捧著聖經等在暖爐前，但就是等不到繆里現身。
上房間一看，她居然睡得正香。

「咯咯咯。」
我在晚餐的餐桌上提起這件事，惹得長相和繆里一模一樣的少女笑個不停。
不過，這一位的笑法有種特殊的氣魄，髮色也不同。別看她外表和繆里都是十來歲的少女，事實上已是高齡數百歲，寄宿於麥子的狼之化身——賢狼赫蘿。

頭上長了三角大耳，腰際有條毛茸茸大尾巴的赫蘿不僅是繆里的母親，也是狼與辛香料亭老闆羅倫斯的賢內助。

「這並不好笑……」

「有什麼關係，人沒事不就好了？」

「您真的覺得這樣算沒事嗎。」

大口吃飯的繆里，頭和手都包著一圈圈的繃帶，繃帶底下塗滿了摻有藥草、豬油和少許硫磺的特製軟膏。那是羅倫斯見到繆里一身是傷，嚇得直嚷著「留下疤痕就糟了」硬替她纏上的。

「是爹和大哥哥太誇張了啦。」

「那是妳沒出事才能這樣說，要是失敗了，傷勢肯定很嚴重。」

聽我這麼說，繆里也只是聳聳肩而已。

我嘆出心中疲憊，赫蘿則是咯咯笑個不停。

「話說，咱家的老爺子上哪去啦？」

「繆里硬拉阿爾沃村那個小弟來幫忙，所以羅倫斯先生去找騾子，順便到人家村裡去賠罪了。說是關係到以後的物資。」

紐希拉是個深山偏村，物資管道有限。要是和週邊聚落交惡，說不定有些店家單單因此就要捲鋪蓋走人。

「沒問題的啦。」

可是，元凶繆里卻說這種話。

「妳憑什麼這麼說？」

繆里和母親同樣晃動耳朵和尾巴，將夏天採了一大堆的越橘以蜂蜜釀成的果醬抹在有種苦味的黑麥麵包上。她暫時擱置我的問題，往蜜醬堆到快流下來的麵包大咬一口，酸得耳毛和尾毛都稍微豎起。

她的耳朵和尾巴和母親赫蘿不同，平時藏得很好，但偶爾在驚訝或憤怒等情緒激動時會不由自主露出來。看樣子，露出來才是自然。

「蛤會有什麼……姆咕姆咕。因為那個男生喜歡我嘛。」

「……」

赫蘿無視於傻眼的我，自個兒捧腹大笑。

「雄性都是大笨驢呢。」

「就是啊。」

看著繆里滋滋響地吸著偏鹹的野菇湯，我一句話都說不出來。

她儼然是君臨這個家的赫蘿縮小版。

「真是的……」

由於繆里和赫蘿實在太像，她父親羅倫斯在教育上必須費的力氣也就相對地多了。赫蘿的個性豪放瀟灑不拘小節，所以自己得設法做好榜樣。

可是無論下了多少苦心，想把繆里養成一個端莊優雅的淑女，都好像是白費工夫。

「總之吃完以後，我們要繼續讀寫練習。」

「咦……」

「咦什麼咦。」

「乖乖聽話。別的不說，學好認字寫字肯定不吃虧。」

赫蘿這麼說完，在鹹豬肉撒滿岩鹽塞進嘴裡。

而這樣一句話，就讓繆里縮縮脖子往她看一眼，無奈地垂下耳朵和尾巴。

「……好啦。」

在這個家，地位次序十分明確。

赫蘿、羅倫斯、我、繆里。

但最近繆里爬升得相當顯著，經常把我的話當耳邊風，所幸赫蘿總會伺機介入。就只有赫蘿的吩咐，她一句都不敢違背。大概是森林的定則已烙在她血液之中了吧，在賢狼面前，年輕小狼乖得像幼犬一樣。

「那麼，準備好就到我房裡來。」

「好～」

繆里沒趣地答話，洩恨般抓起另一塊麵包。

等我點起燭火，翻開聖經讀了幾句，門就敲響了。

只是，聲音位置有點低。

我疑惑地開了門，只見繆里已解下繃帶，抱著一大團被子。

「繆里，我不是說過很多次不要踢門嗎？」

繆里話也不答地快步進房，放手讓被子摔在床上。這時節夜裡冷，我房裡又沒暖爐那種奢侈品，能理解為何帶被子來上課，可是她卻連塞滿羊毛的枕頭也帶來了。

「娘好像去接爹了。娘說我偷開暖爐就要把我尾巴毛剃光，所以今天讓我在這裡睡吧。」

赫蘿幾乎任何事都是隨繆里高興，唯獨用火沒有半點通融餘地。

「好久沒睡大哥哥的床嘍！哇哈哈，草堆好硬！平常有沒有在換啊？」

我的床是捆起山上野生的飼料麥草，再蓋上亞麻布鋪成。繆里躺上去會覺得硬是因為她體重輕，自己的床不需要捆緊的緣故。

她小時候我們經常一起睡，直到一定年紀才分開。這裡特別冷，隆冬中穿衣服睡覺反而容易流汗著涼，藉體溫取暖是很普遍的事。

但儘管風俗如此，我身為神的忠僕以及她的好義兄，還是希望她能懂男女授受不親的道理。還有就是她和赫蘿長得太像，在黑暗中猛一看見會嚇到我。

「妳這樣真的會睡著喔。」

躺下沒多久就能睡著，是繆里的特技之一。我看她已經不出聲且表情恍惚，便立刻抓手拉她起來。

「唔……」

「喂，醒一醒！」

我抓住她細瘦的肩膀，頭還是一樣重重往下掉。

不過她真的想睡時尾巴都會捲起來，所以現在是裝睡吧。

「妳再繼續裝，我就讓妳睡地板。」

「……」

繆里微睜一眼嘿嘿傻笑。

「大哥哥愛生氣。聖經上不是有寫『汝不可受憤怒左右』嗎？」

「就記得這種事……」

嘆氣時，繆里輕跳下床，抓起被子裹住全身，坐上椅子。

我在蟲也似的繆里面前翻開遊子常用以自勵的良言集，準備木板和尖木棒。木板淋滿了蠟，能刮出字來。等字寫滿了，用燭火融化蠟就能再寫。

「可是人家真的很睏，可以讓我趕快寫完趕快睡覺嗎。」

「我也想。要是羅倫斯先生沒回來，我明天就要一個人起個大早幹活了。」

「說得好像我什麼都沒幫一樣。」

「那麼，妳可以在天亮之前幫我打破井裡結的冰嗎？」

繆里的耳朵馬上攤平，喀喀喀地寫起字。

其實繆里並不是個懶惰蟲，算起來還挺勤勞。問題是早上容易賴床、要花很長一段時間才有精神作事，還有被客人一捧就會得意忘形的缺點吧。

我在她背後唏噓地看她習字，而她只寫了三行就開始坐不住，沙沙沙地搖起尾巴。

「啊啊啊，忙死人的冬天又要來了～」

紐希拉夏季遊客也不少，不過接下來積雪深深的冬天才是重頭戲。

「妳春夏之間和秋天也玩夠了吧？」

地處北境的紐希拉雖然春夏秋都是匆匆而逝，能玩的依然不少。春天有山菜可採，夏季是堅果和釣魚，入秋則能採集蕈類和水果。半路上，還不時有打獵的機會。

「所以想在冬天睡個夠嘛。」

「……狼不會冬眠吧。」

「狼也不會念書啊。」

老是說一句頂一句。

「討厭念書，喜歡調皮搗蛋是吧。看來妳還是小孩子嘛。」

最近繆里不太喜歡被人當作小孩。

「這裡寫錯了。」

我從她背後伸手指出錯誤，她跟著用指甲把字痕刮掉。

「人家又沒做什麼不得了的事。」

並念念有詞地重寫。

幹了拿盾當雪橇滑過浴池這種荒唐事，還說沒什麼不得了？真是不敢領教。

「那要怎樣才叫不得了啊？」

喀喀寫字的繆里聳起柔弱的肩。

「大哥哥，這邊呢。」

「這邊是吧。」

就在我從繆里身旁探頭過去，接下木棒要寫範文那一刻。

她的雙手冷不防朝我伸來，一左一右抓在臉頰上。

等我注意到她湊上臉來，那對長長的睫毛已近在眼前，鼻頭相接。而且，嘴唇也是。

原來人真的會凍結。我嚇得魂不附體，動都動不了。

發現自己連氣都吸不上一口時，繆里雙眸微張，稍微躊躇之後與我四目相對。

那是一對泫然欲泣，卻又滿懷喜悅，發燙得朦朧的眼。

繆里慢慢後退，唇嘶得小小的。

「不可以跟爹說喔？」

並竊竊地，以臉上帶笑，眼裡卻盈滿淚光的表情這麼說。

接著是靜得凝重的沉默，濃得彷彿伸手可觸。

我知道繆里和我走得很近，可是，難道她——

一這麼想，心裡就冒出一團莫名的熱。繆里的唇早已退開，我卻仍無法呼吸。心跳聲猛烈得好清楚，但血液彷彿流不出去，悶得胸口發疼。

最讓我慌亂的，是繆里羞答答地低著頭的模樣。

意想不到的毛糙觸感仍留在我唇上。或許是溫泉泡多了，還有濃濃的硫磺味……毛糙？

繆里的唇在冬天也不會乾裂，仍是晶瑩剔透的粉紅色。

覺得奇怪的同時，繆里迅速收回捧著我臉頰的手。

雙手之間架了條繃帶吊橋，而且寬度恰好——真的恰恰好能蓋住我的嘴。

繆里抬起頭，嘴唇因憋笑而擠成了三角形。

「上面有爹特製的藥膏，大哥哥的粗粗嘴說不定也能變成滑嫩嫩的喲。」

然後帶著惡魔般的賊笑，沙沙沙地搖尾巴這麼說。

我這才明白她做了什麼，腦蓋砰一聲翻開。

悶在胸口的血液全竄過脖子沖上了臉。

「繆、繆、繆里！」

她被我喊得閉眼縮頭，但還是笑呵呵的。

「討厭啦～不要那麼生氣嘛。」

「妳、妳、妳真的是……」

「好啦好啦，反正大哥哥的貞潔還在嘛？」

繆里這麼說著，伸出纖細手指按住我的唇。凡是決意侍奉真主的人，都要先發守廉儉、貞潔、服從長上三願。而繆里的意思，與神至善教誨中的肯定不同。

可是，我不知道該對這個罪孽深重的可怕少女說些什麼。更糟的是，與繆里對上眼那瞬間胸口湧出的感情讓我心裡好亂，完全不曉得該怎麼辦。

「……今天，就到這裡。」

「咦?真的?」

繆里開心地迅速跳下椅子,鬆開裹住全身的被子,在床上仔細鋪平。

捏蟲般捻熄燭芯後,房裡頓時黑成一片。我悄悄靠近仍在鋪被的繆里背後。

繆里像是察覺我的動作,倉皇轉身。

「大、大哥哥?」

我沒回話,就這麼伸出手——

拿走自己的被子。

「我睡地板。」

「咦?」

「我睡地板。」

我簡短回答,捲起被子就地躺下。

「咦,大哥哥?喂、咦?為什麼?」

她好像真的慌了,但我不想理。

「人家就是一個人睡會冷才來的耶……」

我在又冷又硬的地板猛一扭身,背對繆里。

然後用被子包緊全身,不斷默念聖經。

神啊，保護我。神啊，請寬恕我的罪……

「喂，大哥哥！」

我動也不動。要是動了，好像會有很多東西跟著垮掉。

後來獨自留在床上的繆里打了好幾個假噴嚏，不過沒多久還是發出陣陣鼻息睡著了。

接下來好幾天，繆里稍微安分了點。

大概是以為我在生氣吧，然而不是那樣。

只是因為「直視她的臉會讓我很難為情」這麼一個蠢理由。

賢狼之女——繆里。

一個不容輕忽的少女。

後記

什、什麼……？我不是在五年前的那一天就親手了結妳了嗎……！

嗯哈哈哈哈！汝忘了咱是不死之身嗎？死再多次都會復活！沒錯，咱永生不死！

其實也不是那樣，總之相隔五年後，新刊又跑出來了。大家好，我是支倉凍砂。

本書是由刊載於電擊文庫MAGAZINE特設網頁（詳見後述）的三篇短篇，以及一篇新撰中篇所構成。時序是在十七集十多年後。

會寫這一本，是因為我日子過……不不不，只是為了寫《夢沉抹大拉》而讀過各項資料後，心裡累積了很多用在《狼與辛香料》會比較有感覺之類的段子，以及小梅けいと老師所繪製的《狼與辛》漫畫版正步入高潮，責編提議出個短篇集當作替漫畫促銷的緣故。同時，這個檔期也適逢我出道十週年（！），責編配合這個名目提供了許多點子，所以就決定把那些點子生出來了。

然而實際動筆之後，赫蘿和羅倫斯打情罵俏的部分是沒什麼問題，他們的孩子卻比想像中難駕馭得多了，很傷腦筋。後來，我想起一句古諺——孩子不聽話，就讓他去旅行。

於是乎，赫蘿與羅倫斯十七集之後的日常生活順利誕生，且由於孩子跑去旅行，也一併寫了孩子的旅程。《狼與羊皮紙》也會在同月上市，懇請各位讀者舊雨新知多多指教！如同副標題是「新說　狼與辛香料」，兩者互有關連，不過只讀那邊對劇情認知也不會有影響。主角是寇爾，內容是關於他被赫蘿與羅倫斯的女兒耍得團團轉的故事。女兒的耳朵和尾巴也很會轉喔！本書收錄的最後一篇，正是以這兩位新主角為焦點。

此外，《狼與辛香料》預定是至少會再出一本短篇集，小梅老師的《狼與辛香料》漫畫版也正向完結篇衝刺，喜歡就一併帶回家吧。

預定收錄於文庫本的短篇，每月將於「狼與辛香料&支倉凍砂十週年紀念官方網站」（自己寫起來都難為情）免費公開刊載，歡迎等不及短篇集結成冊的朋友來此嘗鮮。除《狼辛》系列作外，十週年紀念活動的公告也都會在那裡發布，請多關照。

網址是 http://hasekuraisuna.jp/

那麼，為了下一個十年，我一定會努力寫下去。

（註：以上為日本方面的情況。）

支倉凍砂

恭喜支倉老師＆《狼與辛香料》走過第十個年頭！有機會再畫
到赫蘿與羅倫斯，實在是非常高興。兩人經過長時間的漂泊而
覓得安身之所後，究竟會在「後日時光」編織出什麼樣的幸福
未來呢？同樣身為一名讀者，我也十分期待！

恭喜支倉凍砂老師出道十週年以及《狼與辛香料》新刊再啟！
赫蘿和羅倫斯沒事就在溫泉旅館卿卿我我，真是羨慕死人了，
他們的愛女繆里更是可愛到讓人眼睛睜不開呢。
身為書迷的我，一定會開開心心看到滾瓜爛熟！

Kadokawa Light Novels

打工吧！魔王大人 1~16 待續

Kadokawa Fantastic Novels

作者：和ヶ原聡司　插畫：029

魔王收到某個女孩的巧克力？
情人節大騷動熱鬧登場！

為尋找「大魔王撒旦的遺產」，魔王等眾人從位於日本的魔王城搬到安特・伊蘇拉。然而魔王為參加正式職員的錄用研修而獨自留在空蕩蕩的魔王城。之後魔王意外從研修的某位女孩那裡收到人情巧克力。這事在被艾契斯散播出去後，讓女性成員們大為動搖！

各 NT$200~240/HK$55~75

台灣角川

國家圖書館出版品預行編目(CIP)資料

狼與辛香料. XVIII, Spring Log / 支倉凍砂作；吳松諺譯. -- 初版. -- 臺北市：臺灣角川, 2017.07
面；　公分
譯自：狼と香辛料. XVIII, Spring log
ISBN 978-986-473-778-9(平裝)

861.57　　106008791

Kadokawa
Fantastic
Novels

狼與辛香料XVIII
Spring Log

（原著名：狼と香辛料XVIII Spring Log）

2017年8月10日　初版第1刷發行

作　　者：支倉凍砂
插　　畫：文倉十
日版設計：渡辺宏一
譯　　者：吳松諺

發 行 人：成田聖
總 監：黃珮君
總 編 輯：蔡佩芬
編　　輯：黎夢萍
美術設計：胡芳銘
印　　務：李明修（主任）、黎宇凡、潘尚琪

發 行 所：台灣角川股份有限公司
地　　址：105台北市光復北路11巷44號5樓
電　　話：（02）2747-2433
傳　　真：（02）2747-2558
網　　址：http://www.kadokawa.com.tw
劃撥帳戶：台灣角川股份有限公司
劃撥帳號：19487412
法律顧問：寰瀛法律事務所
製　　版：巨茂科技印刷有限公司
ＩＳＢＮ：978-986-473-778-9
香港代理：香港角川有限公司
地　　址：香港新界葵涌興芳路223號
　　　　　新都會廣場第2座17樓 1701-02A室
電　　話：（852）3653-2888